U0543194

白云过山峰

郭力

SPM 南方传媒 | 花城出版社

中国·广州

图书在版编目（CIP）数据

白云过山峰 / 郭力著. -- 广州 ：花城出版社，
2025. 1. -- ISBN 978-7-5749-0390-6

Ⅰ. I267.1

中国国家版本馆CIP数据核字第2024AE9068号

出 版 人：张 懿
责任编辑：林 菁 杨柳青
责任校对：梁秋华
技术编辑：林佳莹
装帧设计：二间设计

书 名	白云过山峰	
	BAIYUN GUO SHANFENG	
出版发行	花城出版社	
	（广州市环市东路水荫路 11 号）	
经 销	全国新华书店	
印 刷	佛山市浩文彩色印刷有限公司	
	（广东省佛山市南海区狮山科技工业园 A 区）	
开 本	880 毫米 ×1230 毫米 32 开	
印 张	5.25	
字 数	100,000 字	
版 次	2025 年 1 月第 1 版 2025 年 1 月第 1 次印刷	
定 价	48.00 元	

如发现印装质量问题，请直接与印刷厂联系调换。
购书热线：020-37604658 37602954
花城出版社网站：http://www.fcph.com.cn

但愿人长久（自序）

一晃，到了可以回望半生的时候。

不知忧伤的 5 岁，青春迷茫的 15 岁，为爱奔赴的 25 岁，鸡飞狗跳的 35 岁，文艺中年的 45 岁……起起伏伏的苦乐年华啊！哪怕是再平凡简单的人生，也绕不开命运的坑坑洼洼。很多相遇，更多别离，人生长恨水长东。可还是要说，自己是幸运的，父母使我生而为人，而不是阿猫阿狗，也不用当牛做马，有丰富的情感体验，真正是酸甜苦辣尝遍；有细腻的语言抒发，也难免经受不被理解的烦恼；有行走江湖的自由，不会被禁锢在狭小的牢笼里；有独立自主的生活，经过努力还可以实现一个个小目标，还有那么多极具魅力、光彩照人的灵魂温暖着我的心房，不枉这世间一走。

平静的日子一页页翻过。如果，此生还能再来 50 年，遥望前路，其因充满了许多未知因素而显得如此漫长，长到令我信心不足，感觉竟无法善得始终。那么，再来30年如何？似乎又短了一些，除去工作、家务、休息、人际交往等花费，想再去掌握一门新的技艺并修炼到炉火纯青，恐怕还须争分夺秒。可是，想做的事情好像还有很多很多。

而此时，当我把过往30多年写下的文字粗略整理出来，作为对人生的一次回望，发现遗憾时时处处，但任谁都无法改写，所以告诫自己不再纠结。无论幼稚还是深刻，都是岁月的馈赠。感谢母亲，孕育抚育了她唯一的女儿，在人生的初始为我打下文字基础，给我的精神世界涂抹上最温柔的底色，使我在今天能够熟练地运用文字这个工具，探寻世界，倾注热爱，武装铠甲，疗愈伤痛。我和母亲的缘分只有浅浅的5年，但已在我的生命和文字中打下深深的烙印。我曾想摆脱这份疼痛的羁绊，却发现它早已给了我无限自由。

我们相遇过，珍爱过，生而在人世，总算没有错过。

时光匆匆流去，人们慢慢行走。随着熙熙攘攘的人流，我们终将重逢在某一个渡口。

但愿，人长久。

2024 年 6 月

目录

夏
SUMMER

秋
AUTUMN

WINTER

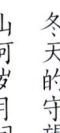

SPRING

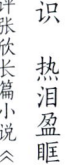

3

SUMMER

夏

凱風自南
吹彼棘心

七月的田野
致孩子

　　七月，盛夏季节。小小的你，踏上北去的列车——这是开往妈妈家乡的火车。

　　妈妈没有去送你，但妈妈的心始终和你在一起，这将是承载着妈妈的期盼与丰富着你的记忆的旅程。

　　对于出生在南国的你来说，北方，是一个陌生的名词。你熟悉的，是湿热的海风，近在咫尺的白云，和扑面而来的高楼大厦，以及步履匆匆的拥挤人流。但是北方的风景是那么不同，妈妈希望，你用眼睛和心灵去慢慢体会——

　　北方的天空高远。干爽的夏季，蔚蓝色的天空是万里无云的，阳光热情，风儿轻微。如果有一场暴雨来临，天气也会闷热，也会有蜻蜓低飞，但随即而来的倾盆大雨，很快就会给炎热降温。而后，又会有一个晴朗的日子在等着你。

　　北方的田野辽阔。你会登上从郑州驶往新乡的列车，

夏

你会看到北方的田野坦坦荡荡，一马平川。那绿色的田野
铺展在你的眼前，它的平坦、它的纯净、它的一望无际，
一定会使你惊叹。你会想起那首歌吗——我们的田野，美
丽的田野，碧绿的河水，流过无边的稻田，无边的稻田，
好像起伏的海面……

　　北方的树木葱茏。还记得妈妈同你描述过的吗？妈妈
小时候，每当读书累了，就会望向窗外，远处是田野，近
处是一排绿树，春天枝头萌发新芽，渐渐长出一片片新叶，
到了夏天就长成绿荫了，这时，会有知了声声叫，卖弄着
它的歌喉，然后，秋风渐起，绿叶变黄，直到冬雪为大地
披上银装，枝头虽已光秃秃的，但你要知道它是在为来年
悄悄积蓄能量。待到冬去春来，春风再一次唤醒大地，吹
绿枝头，孩子，你就是这样伴随着四季更替而长大的。

　　是的，北方，就这样留在妈妈的记忆深处，镌刻着对家乡亲人的思念。于是，小小的你，就成了一个小小的使者，带去妈妈的牵挂，带回亲人的祝福。而你，也有一天会远离家乡，也许是到太平洋的彼岸，也许是到欧亚大陆的另一端，无论你到哪里，都要记住，妈妈的爱跟随着你，爸爸宽阔的胸膛支持着你，这爱的源泉与力量，会助你战胜旅途中的一切困难。因为，你的眼中，你的心里，始终会盛满七月的田野，那样广阔，那样美丽……

（刊登于 2009 年第 5 期《粤海散文》）

大海

如何去诠释，幸福的含义？看潮起潮落，自由和宽广的温度。像你一样微笑，有时也有烦恼。总有一双温柔的手，描绘你或哭或笑的模样。阳光，从海那边而来。大海那边，可能有春天。

从渤海到南海，沿着长长的海岸线，你从桃花的春天走进椰林的夏天。

从日出到日落，承载着日月星辰的变幻，你把大自然无穷的光与色融入宽广辽阔的心田。

无论时光如何流转，也无论你走向哪里，潮涨潮落，是你周而复始的吟唱；浪奔浪涌，是你亘古不息的咏叹……

大海，那片神奇的蔚蓝，让我们为之向往、为之思恋，让我们一次又一次走近她，像走近母亲，聆听她的呼唤。

让我们，站在海边。

海是博大的，"日月之行，若出其中；星汉灿烂，若出其里"，她宏大而又饱满，丰富而不琐细。她有雍容的风度，

更有一往无前的气势，海纳百川，包蕴万物，在大浪淘沙中，磨砺出英雄本色。

　　海是深邃的，对于大海，你无法预知和想象，她有一颗永远跳动、永远追求的心。当海潮层层涌来，大海的呢喃会让你感到熟悉而亲切，而当惊涛拍岸之时，大海的震怒又会令你望而生畏。可是，这一切仅仅是外表，大海的心是细腻的，在永不停息的奔流中，她不断地吐故纳新，愈益精深。大海，始终以她无尽的宝藏去默默奉献，用她宽广的胸怀来深深包涵。

　　海是悠远的，历经沧海桑田的变迁，这位从远古走来的老人，步伐依旧豪迈，身影依然矫健。遥想一千多年前，也是一位老人，东临碣石，以观沧海，听秋风萧瑟，看洪

夏

波涌起，虽是"老骥伏枥"，却是"志在千里"。而半个世纪前，在"大雨落幽燕，白浪滔天"之际，还是一位老人，面对大海，慨叹"萧瑟秋风今又是，换了人间"，又是何等自豪慷慨！大海，这位历史的见证人，让值得记取的每一瞬间都化作永恒的壮观。

而我们，听着老船长的故事长大，又在海边，把童年的故事重温。我们的老船长，从海的这一边起程，驶向那些或熟悉或陌生的港湾。大海留下了他的青春，又给了他海一样的性格和胸襟。他用智慧和勇敢去搏击风浪，在一次次的航行中，变得更加沉稳坚毅。终于有一天，当海风吹动了他的白发，轻抚着他的皱纹，老船长带着对海的依恋和对家的思念，扯起归航的风帆。

让我们，站在海边，让我们去认识大海，倾听海的历史和海的故事。去追求——海一样的形象，海一样的性格。

（作于 1990 年）

月亮湖

细雨霏霏的日子里，我们走进山中。

山不高，因主峰形似雄鸡、气候清凉而闻名。山上有人家，百十来户，靠着这片山水，过着自足自乐的生活。据说二十世纪二三十年代，这里曾是异常热闹的地方，唱戏的、练气功的、做泥人儿的、卖小吃的，十八般武艺，应有尽有。那时候，达官显贵们也选择了这一处据点，建起了一幢幢别墅洋房，如今，那静静伫立着的美龄舞厅、马歇尔公寓，似乎仍在向人们讲述着一段过往的历史。

八年前，我第一次来到这山里，还只有十五六岁。喜欢梦想的年纪，渴望跋山涉水。几个同学相约一道，像出了笼的小鸟儿，登上南去的列车，奔向群山的怀抱。我们几乎是一路小跑地上了山，在山顶寻了一处人家住下，房东是一对和蔼的中年夫妇，他们的女儿和我们年纪相仿。女孩嘴角微微上翘，好像总是在笑，她为我们换上干净的被单，又笑问我们从何处来。我们问她："这里可有什么好去处？"她说："月亮湖。"

在女孩的带领下，我们去看月亮湖。天空中不知什么时候飘起了雨，我们在雨中叫着笑着，忘乎所以。沿着青青的石板路，循着小溪流的足迹，我们惊喜地发现着山水的神奇。山与水都透着亮，泛着绿，那山上的松林啊，有着竹子一般颀长挺拔的身材，笔直地伸向云天，和风儿朗声交谈。那乳白色的云雾，一层层向你身边飘来，将你笼罩，想要摸一摸它，却又寻它不见，捉它不住。

雨下得大了，我们披起雨衣，走近月亮湖。在群山的臂弯中，静静地躺在那里的，正是月亮湖。湖水安详静谧，缓缓地向远方荡漾，猜不出她究竟有多深、多厚。湖面上升起浓重的烟雾，虽然近在咫尺，却望不到湖的那边。只有无数的雨滴，悄无声息地落入那浓浓的湖水，和她融为一体。月亮湖，正如一个羞涩的少女，依偎着群山，和大自然一同生长，一同呼吸。

而我们身边的少女，恰如月亮湖的姊妹，有着湖水一样明净的双眸和从容的笑意。走在湖边，女孩与我们轻声交谈。女孩说，她就是喝着这湖水长大的，她的父母，靠每天从这里挑水来做饭、洗衣；她在山下的学校里念书，回家的时候，时常帮妈妈在门前晾晒衣裳和花布，而她的姐姐，早已出嫁到山的那边。女孩也想有一天去山外，到很远的地方读书。可她会舍不下这里纯朴的老人和娃娃，她会更喜欢山里的每一片云、每一棵树。于是，我们跟女孩约定，有一天，我们还来山里做客，有一天，我们会共同走进那开满樱花的校园。

此时，细雨蒙蒙的时候，我们走进山中。八年过去了，经过了年少时的悲与喜，体味了年轻岁月的爱与痛，当年的同游伙伴难得能再一次相聚。只是不知道，我们是否还会像当年一样仰天长啸，忘情歌唱？我们是否还会流连湖边，促膝长谈？女孩的父母是否还在辛苦地用双肩一趟趟地去挑水？女孩是不是还在家门前，帮妈妈搭起那印花蓝布？山上的松柏是不是还那样修长青翠？月亮湖，是否安详依旧，秀美依旧？

远离了城市的喧嚣，我们走进山中，尽管这是一次迟到的旅行，但我们始终相信，月亮湖还在那里等着，女孩还在那里等着，和我们一道，仰而望山，俯而听泉……

（作于 1998 年）

莲花生日

　　暑假，表妹从南方回来，带给我一本画册。打开画册，一幅幅水墨莲花映入眼帘，碧绿的荷叶，粉红的花瓣，有的含苞欲放，有的恣意盛开，有的还是"小荷才露尖尖角"，朵朵莲花中间，隐约还可以看到采莲的小舟和撑船少女的身影。画面的色彩渲染恰到好处，洋溢着浓郁的水乡风情。

　　表妹告诉我，在水乡江南，每年的农历六月二十四日，就是传说中的莲花生日。在古老的风俗中，这一天要举行盛大的"观莲节"，男女老少摘下新鲜的荷叶，或于叶柄上插烛火，或于荷叶上点香。老人们会向上天祷告风调雨顺，五谷丰登，因为按老一辈的说法，这一年正是古历中新一年的岁首。少女们则轻点竹篙，在一湖柔波中徜徉，"采莲南塘秋，莲花过人头，低头弄莲子，莲子清如水"，辛勤劳作了一年的人们，把对未来一年的种种美好期盼寄托在了一朵朵圣洁的莲花身上。

　　十里荷塘，十里莲香。实际上，无论是江南水乡，还是北国中原，人们对莲花的钟情厚爱是一样的。我曾从报上看到，在我们河南郑州的仰韶遗址当中，已经出现莲子的踪迹。这是多么奇妙的一桩事情——远古时代中国人就开始与莲子结缘，在她"出淤泥而不染"的生命中塑造着中国人倔强的人格品性，古时爱莲老人"香远益清，亭亭净植"的清高形象早已被人们口耳相传，近者贫贱不移的坚贞学者流连的月色荷塘更是使人心向往之，而今天，打开手中的这本莲花画册，表妹又给我讲述了一个爱莲少女的传说：

　　少女在水乡出生，从小便失去了父母，一位好心的婆婆将她收养。婆婆的门前庭后遍植绿荷，那大片大片的荷叶，就像托着少女长大的摇篮。少女也和婆婆一样喜爱莲

夏

花。她喜欢在每一天清晨来到水边，凝神静气地为莲花画像；她喜欢在打鱼的间隙采一捧菱角，煮熟剥净喂到婆婆口中；她喜欢在星星眨眼的夜晚依偎在婆婆身边，为婆婆捶打酸痛的腰背。婆婆虽然耳聋了、眼花了，可是一听到旁人大声地对她夸赞她家的女孩儿画好心地更好，就会高兴得合不拢嘴。平静温暖的日子在这一年的雨季被湿透，为救出失足落入水中的孩童，少女再也没有回来，竟真的成了一朵水中的莲花。

我突然悟到了这本画册所表达的情义，它是从指尖淌出的爱，它流动着人间至情。我真想在日后的某一个雨季来到水乡，也许就在莲花生日这一天，我会摘下一朵莲花，掬上一捧湖水，让那阵阵清香永远留在心底。

（作于 1998 年）

远行者出发

　　火辣辣的暑假转瞬即逝，18岁女孩启程出发，奔赴她的大学。

　　"临行密密缝，意恐迟迟归"。出行前再怎么细致地准备，也宽慰不了老母亲一颗担忧的心：抵达目的地将是深夜时分，一个女孩只身拖着两大件行李，背着沉沉的电脑包，如何打车到预订的酒店？机场到学校有没有班车？有没有同学同行或可以通过学生会预约学长接机？忧心的问题一大堆。而孩子却满脸写着"不成问题、小意思。""放心啦！到时候我们保持视频通话，直到我安全入住，行不行？""到了学校，一定开直播，带你们一起逛校园啊！"

　　孩子又说："别担心啦！难道你还要过去帮我铺床不成？事实上，如果你不在，我也都会自己干的，说不定还会干得更好！"

　　谁说不是呢？这个假期，明显感觉孩子长大了，像个

夏

有担当的成年人了。对外，代表父母返乡走亲访友、组织联络，出门聚会扶老携幼更兼活跃气氛；对内，不仅内务整理得井井有条，而且作为家庭成员之间润滑剂的功力猛增，对父母大人的赞美鼓励与批评指正总是恰到好处、相得益彰，谈论问题有理有据有思想，语言表达更显治愈。

比如，她说——

爸爸妈妈再坚持奋斗几年，等我毕业有工作了，嗯，我想应该不会差钱，到那时你们就可以去做自己想做的事情了，每天健健身、弹弹琴、逗逗猫……

孩子为我们擘画的美好未来，单是想一想都觉得好暖好幸福！

临行前，女孩把她新学期的日程安排详细地讲给我们听，细化到每周、每天甚至每小时将做些什么。面对大学这个人生新起点，我们和孩子一样充满期待，但还是忍不住唠叨："爸爸妈妈对你学习上没要求，差不多就行了，健康才是第一位的。比尔·盖茨还从哈佛辍学了呢，只要我们有热爱的东西、生活积极向上就好了。"女孩故作惊讶地反问："在学习上没要求，那是因为我已经做到了你们的要求了吧？哈哈哈！"

其实孩子，说到每天的生活和"爱我所爱"的追求，妈妈也想把自己的安排讲给你听。如今妈妈的业余时间呢，1/3给了家庭，1/3给了工作，1/3给了个人爱好。而这些，都是我愿意和喜欢的事情。

在今年暑假这段时间里，下班后除了当好助理和司机，以及把当天未完成的工作赶完，其余时间就是很认真地、很费心地、很努力地尝试着去写一个故事。幸得主编大人约稿，写一篇改革开放时代的个人故事。没想到自己满怀情感地挥洒出一篇"大作"递交后，不到1小时即被主编退稿，评语是"太空洞且太短！"。

虽然有些气馁，虽然感觉改进难度很大，但还是按照主编大人强调的"记叙文、讲故事、有细节、要感人"的要求，说服自己重起炉灶，勤奋一把。长期以来，一直是顾影自怜、暗自嗟叹的多，绘声绘色、发挥想象力创作的少，所以总是局限在个人伤春悲秋的小圈子里,不擅长讲故事。可是这一次,就想突破一下,写一个故事真有那么难吗?于是专门请教了一位资深编辑和一位"小镇评论家",收获了两点重要意见:一是很多事情作者经历过,了解个中曲直,但读者未必全都了解,所以要从读者角度出发,把事情介绍清楚,特别是挖掘其中的价值意义,才能显示出作品的高度和深度;二是读者喜欢看什么、最想知道什么,这是作者必须考量的重要因素。故事里要有"人",要写出真实生动的"剧中人"。一言以蔽之,就是"以人民为中心的创作导向"。

为了写好这个故事,几天下来可以说是挖空心思使劲儿地回忆、构思、铺排、提炼,达到了废寝忘食、殚精竭虑的地步。每每写不下去,就告诉自己根据过往的经验一定会柳暗花明。慢慢地,写出了一个致青春的故事,记录了生命的蜕变、道路的转折、梦想的追逐,既有旧时光里初涉岭南的青春脚印,更有新时代大湾区和南沙面向世界的绝美风景。虽然一边有做不完的工作,一边有孩子出发前要协助做好的各种准备,但作为妈妈的我硬是挤出碎片化时间,真的完成了这项业余任务!德高望重的主编大人赐了两个字"挺好"——足矣!

于是,赶在你远行出发、飞机落地、一段新航程又将开始的时候,妈妈完成了一段青春故事的讲述:我幸运,在青春岁月里,有你,有你们,有汹涌的美好与滚烫的星河。

　　我的女孩！我的青春岁月里，也有着你的身影！因为我们的相似，因为"青出于蓝"的绵延继承，因为热爱着生活，青春就不只是一段时光，而是在岁月里一路芬芳。

　　我的女孩！你的青春岁月里，花儿正在盛开，精彩正在进行！当你不远千万里开启人生的新起点，所有的祝福与爱的支持始终与你同行。

　　我的女孩！人生是一场又一场的远行。祝我们踏过千重浪，彼此心牵挂，火一样爱着，一生向阳。

　　远行者，出发！

（作于 2022 年 8 月 20 日）

夏

小猫 Poky

2020 年 3 月，因为疫情，上高中的女儿回到家里开始上网课。没多久，孩子就央求我，想养一只小猫做伴。起初我肯定是不同意的，因为感觉实在是没有时间和精力再去养一只活物了。但女儿用一句话成功说服了我——"给我一个完整的童年吧！"于是，为了不给孩子留下童年的遗憾，我们驱车找到一家网上介绍的猫舍，与一只活泼的英短小公猫对上了眼缘，女儿欢天喜地把这只出生仅一个多月的小猫咪带回了家。

就这样，我们开始熟悉掌握如何饲养一只小生灵，伺候它的吃喝拉撒，如同抚养一个婴儿，家里关于小猫饮食起居玩乐的物件也一天天多了起来。女儿想了好几个名字，土的洋的都有，分别写在纸团上，让小猫自己抓阄，小猫选到了 Poky 这个名字。对于小猫 Poky，人类不能不怀有恻隐之心，因为它这么小就被迫与父母分开，也没有兄弟

姐妹陪伴左右，它在这世上唯一的依靠就是我们了。在日日夜夜的相处中，我也发现了很多以前不知道的猫咪习性，比如它有狩猎者的本能，会盯着一个目标伺机而动，然后猛扑过来；它又很胆小甚至会应激，陌生的环境令它不安，它会尽可能钻到一个可以躲藏起来的角落；它会使用猫砂盆上厕所，然后用一只前爪扒拉猫砂将便便掩埋起来，以掩盖自己的气味（后来它的安全感增加了，也就很少遮盖了）；它会蹲在门口等着我们回家，在开门之后使劲在我们的腿上蹭来蹭去；它会躺在地上敞露出肚皮，召唤你与它玩耍；它也会在每一个夜晚，跳上我们的床头，在枕头

上或在柔软的被子上用两只前爪认真地、使劲地"踩奶"，每当这个时候，我都会更加怜爱地抚摸着它，因为我知道它可能把我当成了自己的妈妈……女儿在家上课、准备申请大学的那一年多里，Poky 给了她最好的陪伴，每一个挑灯夜战的晚上，Poky 或在女儿脚边睡觉，或围着电脑踱来踱去。它的存在，无疑为紧张且充满压力的学习生活增添了抚慰与生机。

但对抚养一只小动物，我们显然缺乏经验。Poky 到来大约两个月之后，有一天晚上我回到家，孩子反映，发现它吃饭不香了，不爱动了，且有"母鸡趴"的动作，肚子也变大了，需要尽快带它看医生。第二天上午，我在上班，孩子打来电话急切地说，Poky 不行了，让我赶快回家。我立刻处理好手头的事情往家赶，一进门就看到了 Poky 呼吸急促、奄奄一息的样子，当即送去宠物医院。经过一番检查，得知它不幸患上了最为凶险的猫咪疾病——猫传腹，目前尚无根治的办法，只有坊间流传的一种特效药 441，且不能保证不复发，而且如果扎针治疗的话，会特别疼痛。女儿流下眼泪，心都碎了。医生为它抽了腹水，把它从死亡线上拉了回来。经过权衡，我们决定采用口服的方式治疗。那些天来，女儿在学习之余，最重要的任务就是为小猫喂药。为此她学会了像专业医生那样，掰开猫咪的嘴巴并固定好，然后把药片放在舌根的位置，合上猫咪的嘴巴，再用喂药器从犬齿后面推进一点水，观察并确定它是否已吞咽下去。

夏

经过近三个月的治疗，坚强的Poky痊愈了！我们后来反思，可能正是由于起初接它到家的时候，对猫咪应激没有足够的了解，没有给它一个小小的空间先去适应，导致小猫在新环境里压力过大而诱发生病。

现在，Poky已经在这个家里生活了3年多了，换算成人类的年龄，它长成一个青壮年了。虽然说，女儿现在上了大学之后，经常在家陪伴Poky的，其实还是我这个"姥姥"，可是天底下的姥姥都是一样的吧，无论如何都要帮女儿行使好职责。白天要上班，有时还要出差，如果要加班就尽可能地把工作带回家里，给Poky多一点陪伴时间；如果不在家，也会想办法请亲戚朋友帮忙来家里陪玩儿。我也会更加关注网络上关于小动物喂养和保护的资讯，了解流浪猫这个群体，明白"领养代替购买"的意义，力所能及地给这些弱小者多一些援助。及时带Poky做绝育手术，为它添置不同花样吃的玩的，让它生活质量更高一些。不管在哪里，从别家的小猫咪身上，从那些熟悉的动作姿势上，我总会看到自家Poky的影子。我们也探讨过，要不要为Poky再找一个玩伴，结论还是放弃，不要再打破目前的平衡，就让它"独来独往在猫生的舞台"吧。

自从有了Poky，我对生命的体察又多了几分。猫咪的生命只有短短十几年，最多不过20年，它是如何感知这个世界，又是如何认知"庞然大物"的我们的？我们也只能从动物专家的解读中，结合自己的经验略知一二。但至少，

作为 Poky 的家人，我们有责任它温饱不愁地、顺应本性地，在这个世界上生活得更幸福一些。而作为人类的我们，有更加复杂的大脑来认识、感受这个世界，有更加丰富的感情世界和表达方式，有更加强大的适应和改造能力，也因此有更多掌握自身命运的机会，这比生而为一只猫，不知要幸福多少倍！生命应当尊重生命，人类应尽最大可能善待这世上所有的生命。

书上说，猫咪在预知自己将不久于人世的时候，会向主人做最后的告别，然后独自找一个角落，静静地离开这个世界。人与猫都只能活一次，感恩我们遇到彼此。此生，仅一个 Poky 足矣！

（作于 2023 年 8 月）

寻找阿勒泰

　　女儿放暑假回家了，我寻思着安排一次家庭亲子游。女儿说，干脆来一次"只有母女两人的旅行"，这令我有点窃喜，好像是得了一个好家长奖似的。孩子下学期就上大学三年级了，已提前拿到了明年的暑期实习录用通知，这意味着，如果以后不特意给自己放假的话，那么这次暑假就应该是她学生时代乃至未来职业生涯的最后一次长假期。孩子将要正式独立地开启自己的生活，父母只有在她最需要的时候才方便出场，这次的旅行机会，也许就是千载难逢了，无论如何也要安排好。

　　旅行的地点，女儿让我决定。对着地图思来想去，我把目光锁定在中国西北的新疆。一来，虽说是遥远的地方，但在本国的地盘上，可以说走就走；二来，电视剧《我的阿勒泰》热播，激起了全国观众的向往，也激发了我出走的冲动；三是，女儿和我都未去过新疆，而我编的第一本

书《从岭南到边疆》，恰恰就是反映广东援疆的，是应该
补上实地考察这一课了。而于我，还有一个隐秘的心愿，
新疆是我少女时代曾多次听说过的一个地方，此番实地探
看，也许能够勾起关于往昔时光的一些回忆。于是，我们
收拾行囊，开启了"母女两人的旅行"。

只为远方

何谓旅行？即到外地行走，到远离自己常居之地的另
外一个地方游览考察。世界旅游组织对"旅行"的定义，
是某人外出最少离家 55 英里（88.5 千米）。在我的童年记

忆里，外出的经历就像钟摆一样，被大人们领着在黄河两岸有规律地摆动：一个是父母安下的我家，在河南新乡；一个是姥姥家，在河南郑州。两座城市相距80多公里，隔着黄河对望。不知道去姥姥家的日子算不算旅行，但对妈妈而言，那一定是愉快的回娘家之旅。幼年的我，还不止一次去过另一个遥远但很重要的城市——北京，但还是不能算作旅行，一次是看望在京城看病住院的妈妈，一次则是在妈妈去世后、我上小学之前随长辈探访亲戚，总之是带着沉重的记忆。此后，我上学了，幸得亲人们的关心，为了让我与周围小伙伴一样也能有外出游玩的机会，在当时旅游还比较稀缺的情况下，我也被安排参加了一两次暑期旅行。直到我工作了，25岁时第一次坐飞机从郑州到广州，参加单位的培训考试，也才第一次有了自己安排的旅行。记得那时仿若刘姥姥逛大观园，飞机落地后，坐摆渡车开往到达厅，可我不懂其中缘由，又不好意思问，一路上都在暗自担心，这部"公共汽车"是要把我们送往市中心吗？

　　而这一次，我与20岁的女儿从广州出发，跨越大半个中国，单程4700多公里，从岭南到边疆，来到乌鲁木齐，再向最西北进发，赶赴遥远的陌生之地，寻找属于我们的阿勒泰。

　　为了安排好旅行事宜，在朋友推荐下，我们选择了一家名为VIVA的旅行公司。据公司网站介绍，VIVA来自西班牙语"viva la vida"，意为"生命万岁"，倡导在旅行中体验远方的生活，感受生命的热辣，让每一个旅行者都可以对生命高呼 VIVA！很贴合时下追求"诗和远方"的文旅融合理念。有两个特点让我从众多旅行公司中敲定了这家。一是线路。与传统旅行公司不同，这个小众旅行组织开发的线路更有新意，不走常规路，而是独辟蹊径，比如这次我们参加的"北疆大环线"，不仅完美避开了所有热门网红景点的拥挤，而且安排了一段长达 25 公里的草原徒步之行，成为意想不到的难忘体验。二是人员。因为是从全国范围内招募队友，能遇到来自天南海北的小伙伴，这次与我们同行的不仅有来自广东的，而且还有北京、上海、海南、河南、湖南、云南、江西、吉林的朋友，每个人带着不同的口音、经历、思想，短短几天，从陌生人到成为朋友，朝夕相处，同向而行，也是很奇妙的缘分呢！

我们为什么要旅行？从离家 80 多公里一直到千里万里之外的远方，是什么在驱动着我们远行的脚步？或者，套用一句今天特别时髦的发问：你为什么要去新疆？新疆到底有谁在啊？

作家孙犁在《一九五六年的旅行》一文中说道，"游记之作，固不在其游，而在其思。有所思，文章能为山河增色，无所思，山河不能救助文字"。他还举例印证，柳宗元作《永州八记》，所记并非罕遇之奇景异观，而所作文字却是罕见独特的作品；范仲淹作《岳阳楼记》，范本人并未实地到过洞庭湖，只是凭借想象来抒发抱负；而苏东坡写的《前赤壁赋》，他到的那个地方也并非周郎破曹之地，但后人不以为失实，因为他的文字，实则表达了古今上下共同的情感思绪。正是，"我见青山多妩媚，料青山见我应如是"，我们游历自然或人文景观，一定是带入了个人感情和见识的，山河的壮观豪迈或秀丽婉约，会引发我们心底强烈的共情，与人生经历相映衬、相启发，才会感受到"情与貌，略相似"。

远方在召唤，召唤我们脱离素常的生活，离开熟悉地方的人与事，走向远方，与陌生的人群风物短暂相逢。一刹那的触碰，带给我们的刺激是新鲜而强烈的，仿佛恋爱中的一见钟情，不在乎天长地久，只在乎曾经拥有，所有美的好的都被游客一揽入怀，而那些丑的差的因并非长久接触、影响不大可以忍一时或忽略不计。少则几天，多则月余，我们风尘仆仆地来回，带着远方给我们的震撼、感慨或是触动，带着新的友情、见识和成长，回归到原本的生活，并在不知不觉中为日常的循规蹈矩注入了新的变化。

这一次，我们来到了新疆这个人们口耳相传的好地方，看到了天山山脉、雪岭云杉，看到了独山子大峡谷，亿万年的河流冲刷犹如鬼斧神刀的劈刻，在世界魔鬼城的黄昏，拥抱苍穹与日落；我们穿越茫茫的戈壁和沙漠，遇上冰雹雨落，天边挂上虹霓，为记忆的调色盘增添了七彩的绚丽；我们深入喀纳斯，在月亮湾畔聆听湖泊的低语，在高山之巅拾取绿水、青山、白云与雪的纯净；我们在阿尔泰山的

夏

小木屋休憩，在中哈边境白哈巴村的山坡上，静待日落日出，
体验图瓦人的起居生活；我们走进森林和草原，遇见牛羊、
骏马、牧童与野花，只为艰苦跋涉后与绝美的风景相逢；
我们品尝着以公斤称量的当地美食——馕、大盘鸡、烤羊肉，
还有汁液饱满、软糯酸甜的番茄，还有土豆和哈密瓜……
在有限的旅行时间里，尽可能地融入那片天与地，感受不
一样的滋味、不一样的生活。

在辽阔的草原感受自由的风

动身前几天，我特意买来了《我的阿勒泰》这本书，
做一做预习的功课，一直带到了飞机上，总算在行程第一

天晚上读完了全本。我发现,这本书收集的是作者十几年前、二十几年前对边地牧场生活的记录,印象最深的就是书中描写的戈壁滩的风沙,还有大雪堵住了窗户,还有漏雨的帐篷以及妈妈和外婆想到的接水的好办法!顽强的女人们,硬是把艰苦颠沛的生活,过出了闪亮的样子。作家长期居住在阿勒泰,对此地人情风物了解深入,而我们是到此一游、走马观花,我们短暂的体验肯定无法与作家实地生活的感受相提并论。然而,面对亘古久远的大自然,每个人都是匆匆过客,一眼万年的心灵悸动,仍然值得深深记取。

在旅行后半程的一天,我们进行了一次长达 25 公里、历时 8 小时的草原徒步,从白哈巴走到喀纳斯新村,从日头高照走到倦鸟归巢。我们的领队豆豆——一个大学毕业不久、比我女儿大不了两岁的年轻可爱姑娘——把我们这支十七八人的队伍分为前中后三个小队，根据各自体力情况可以相互照应。女儿兴冲冲地当了领头羊，作为豆豆的助手拿上对讲机，打头探路，随时跟后方播报路况和提示注意事项。

就这样，我和队友们背上了水和面包之类的干粮，满怀期待地一头扎进了大草原。进喀纳斯时分装的小件行李（用于徒步当晚住宿的），则被当地牧民用马驮着直接带往住地。看，头顶是丽日白云蓝天，远处是连绵的青山雪峰，山坡覆盖着云杉，用一位队友的话形容，是"像穿了一件摇粒绒一般的雪山"，非常贴切！豆豆说，沿着输电塔的线路一直走，就能走到目的地！

六月的阳光，已然强烈。脚下青草茂盛，山坡平缓，目之所及，牛羊成群，或近或远，不时听到"哞哞"的叫声。沿途，遇见树林，遇见小溪，遇见独木一棵、毡房几座。牛儿悠闲地吃着草，或侧卧身子晒太阳，或甩着尾巴静立着。一不留神，就会踩上软软一坨的新鲜牛粪，无时无刻不在提醒着我们，现在，脚下已不是我们常住的水泥森林繁华都市，而是原始自然的大草原——我们的阿勒泰。

我们看到成群的牛羊，还有牛孩子跟着它的妈妈。小牛拱到妈妈身下，伸着脖子巴巴地吮着乳汁。一大一小的身影交错重叠，面庞和四肢是白色，躯干是黄褐色与白色相间，像一个模子复制出的大小两个。觉察到陌生人靠近，母牛连忙闪身几步走开，小牛跟跄跟随，令我们为自己的

唐突感到不安。我想起两天前在鹿角湾的草场上，看到一只小奶猫就是这样一直黏在母猫身上，拱到妈妈怀里找奶喝。所有幼小的生命对母亲都有着天然的依恋，而母亲都担负着哺育孩子的天然职责。然后，待孩子长大，还要不带半点犹疑地把它们推向独立的生活，上一代终将老去，新一代凭借自己的力量走向前。

我看到很多知名的、不知名的花朵，恣意地盛开在这初夏的原野上。能叫上名的有金莲花、蒲公英、狗尾草，它们成片生长，摇曳生姿，在呼呼啦啦的风声里，猛烈地拼命宣示着自己的存在。也许在它们短暂的一生中，很少会遇到旁人的光顾，有谁会停留，驻足欣赏这一朵或这一片小花？但那又有什么关系？丝毫不会影响它们热烈地开放，宛如成群的精灵，汇成了一片又一片花的海洋。我在

夏

花海中浮潜，走走停停，为它们拍下照片，只想把这一刻的繁花与茂草定格在记忆中。因为，我不知道此生是否还有机会再次走进这片草原，即便有，也无法见到今天的花朵了。一岁一枯荣，零落碾为泥，它们将归于大自然的尘土，新一轮的生命，是它们留给大地的孩子。

我望向草原上高高矮矮的生命。天苍苍，野茫茫，风吹草低见牛羊。千百年来，人类既有"暮烟已合牛羊下，信马林间步月归"的诗意豁达，也有"磨刀霍霍向猪羊"的杀伐果断，"烹羊宰牛且为乐"是诗仙李白借酒消愁时仅可依仗的一点欢乐。人们从牛羊这些动物身上能体会到"舐犊情深"并以此借喻自己，而站在食物链顶端的人类，究竟是把它们当作朋友，还是可以予取予求的优质蛋白质？人们喜爱它们、怜惜它们、喂养它们，最终还是要获取它们的肉和乳汁，使它们的生命服务于更高等的人类生命，满足人的口腹之欲和强健体魄的需要。我们知道，动物都有应激反应，因为它们时刻要提防被伤害甚至是遭遇生命危险，活着，对它们来说就是一切。人类进化发展到今天，难道不应当心怀怜悯、敬畏自然、行有所止吗？尽一切可能来保护这些和我们一脉相承的动物，以及所有弱小被欺凌的生命。

我要继续赶路，只能万般不舍地最后看了一眼母牛和它的孩子，默默地把它们的模样刻印在心底。与它们的相遇，是初见，也是永别。多希望它们能终老在这大草原上，没有饥饿没有伤害，无忧无虑地过完这一生。然而物竞天择，每个生命都要背负使命。我看到一个牧童一蹦一跳地驱赶着羊群，他未来是否会有一天离开毡房、奔向远方？

我走在大草原上，从未走过这么长的路，但就是有一股力量支撑着我坚持下去。一度从第一阵营掉到了最后，又不甘落后努力赶了上去。途中遇有一片树荫，我们做短暂休息，分享彼此的食物。帮我们运送行李的牧民大叔骑着深棕色的马匹，行李被裹在两个大布袋里由另一匹马驮着，还有两只牧羊犬跑前跑后，一开始它们不紧不慢地跟在我们身边，走着走着，忽然间抬头一望，马儿竟然跑到了山坡的最高处。我们休息补给食物时，马儿也在溪边低头饮水，然后，牧民与我们挥手道别，说了一声"拜拜"就策马奔赴住地了。

曾揣测女儿是否吃得消这20多公里行程，然而还是小看了她。这一天，她凌晨与队友相约看日出，又在徒步时

自告奋勇打头阵，一路上说说笑笑，还邂逅了一位来自北京的小伙子，是背着全副行囊的独行侠，年轻人立刻打成一片结伴同行。这一路，女儿不由分说背上了我们俩的背包，使我得以轻装上阵，顺利抵达终点。而她不仅轻松愉悦地完成了行程，跋山涉水时兼顾扶老携幼，当晚还与朋友们热聊至深夜，让我不得不佩服年轻人的体力与活力。孩子这两年坚持健身，每天至少 1 小时的运动量，成效在旅行中得到了印证！

从魔鬼城风波到卧龙湾奇遇

出发前，女儿与我"约法一章"，她说："妈妈，为了保证我们旅行的和平共处，请你，无论我穿多穿少，都不要管我，如果我冻死了，那也是我自己的选择。"还能再说什么呢？遵守约定管好自己就是了！

于是，除了第一天早上我生怕迟到催了她一下，被她认为大惊小怪，其他时间，我们都能保持步调一致，互相谦让和照顾，团结得像石榴籽一样，整个旅行其乐融融。在温馨的旅途中，只有在乌尔禾的世界魔鬼城这个点上，陡生波澜。

我们是在晚饭后出发去魔鬼城的，玩了一圈拍了很多照片，在 10 点左右日落后乘摆渡车出景区。我们几位队友和其他游客一起排队等候摆渡车，车来了，一排能坐 3 人，我先上车，女儿在我身后，刚坐下，就听到女儿的叫喊声："你干吗摸我，还摸我屁股！"我心中一惊，只见女儿后边紧跟着一个陌生老年男子。但对方并未承认且在辩白，女儿继续大声说："我就是感觉到了！你还不承认吗！"我赶紧搂过女儿安抚她，而其他人也把肇事者拉到了后排。

此时，我的大脑飞快运转，发生什么了？我应该怎么应对？如果我们遇上了不怀好意的肇事者，我必须为女儿讨回公道和尊严，即便肇事者是无意，只是由于上车心切，没有保持应有的社交距离，那至少也要有个道歉。无论如何，孩子一定是感到了极度不舒服才会表达出来。而我，一定要支持孩子，坚定地站在她这一边。

在混乱的场景下，由于取证困难，很难报警立案，再怎么据理力争，即便是后来对方承认是"碰到了"，也只能不了了之。平常不擅吵架的我，气得吼出了两句："我是孩子的妈妈，我都没有追究你们了，你们连起码的道歉都没有！"其他队友也纷纷为女孩发声，指责肇事者不尊重女性……

这场风波，最终也没有得到对方的一声道歉，但我特别感慨的是，女儿遇事没有害怕，敢于对骚扰行为大声地说"不"，这是非常难得的。而且在维权过程中，她得到了队友们的给力声援，仅这一点，就足以化解她所有的委屈。而我，作为孩子的妈妈，在心里问自己，如果我遇到了类似这样的伤害事件，我会像女儿这样勇敢地说出来吗？

十有八九，明知对方"作恶"，但觉得这是"丑事"，不敢声张，只有选择隐忍。这一次，出生于21世纪、比我小了30岁的下一代教育了我，也为所有尚缺乏勇气或意识为自己维权的女孩子做了一个示范，当遭遇不公特别是人格尊严等人身权益受到侵犯的时候，就是要大胆地站出来斗争，硬杠到底，对不良行为予以震慑。对于这些女孩子来说，那个时候，她不是一个人，她的身后必然站着支持她的一群人！

成长在新时代的孩子，用她的实际行动，果敢地发出维护自己尊严的声音。

离开魔鬼城，抛下了胆怯重拾信心，我们一路向北，向阿勒泰进发。行车至中午时分，在福海县的一条小食街上用餐。我们找了个路边摊，各自点了拌面、凉皮等简餐。

夏

坐在马路边的小桌子前，感受着北方夏季干爽的风，阳光透过树叶的缝隙照下来，在身上、地上形成斑驳的光影。忽然想起儿时在北方度过的那些年。

在与队友们相识的第一天，领队曾让每一个人各自在小纸片上写下此行最想实现的心愿。我的心愿，是在这里遇到似曾相识的人和风景。风景犹在，人却已非。我的少女时代如童年一样，依然游走于河南郑州和新乡两个城市，爸爸的家在新乡，姥姥家还有我的大学在郑州。爸爸找的老伴，也就是我的继母，曾在新疆生活过多年，我不止一次听她自豪地说起新疆，各种美食，买东西都是论公斤称量的豪爽。她的儿子其时就在新疆谋生，听说是在鄯善开饭店。春节时，儿子不远千里探望母亲，我们也曾短暂地谋过面。印象最深的，是这位大哥讲起经营生意的种种曲折、家庭生活的磕磕绊绊，但谈到孩子，又难掩骄傲地说起，他的女儿被学校评为"红花少年"……

人生不易，但"生活应该是丰富多彩的"，这句话也是这位大哥说的，对当时"两耳不闻窗外事"的我来说，算是醍醐灌顶的教育了。后来，由于两位老人年事已高，为方便照顾，就各跟各的儿女生活了，继母回到新疆后，我们就再也没有见过面。

如今，父亲已去世两年多了。但与他相关联的人和事，还是会触发我的感情。我曾想象，这次来到新疆，会不会遇到曾经的故人？如果我们真的不期而遇，我想我会流泪，毕竟，我们也曾是家人，老父老母也曾相依为命、彼此陪伴，我还吃过继母做的饭，在那些放假回家的日子里……

遗憾的是，新疆这么大，如果没有提前预约，两个人相遇的概率基本为零，所以，我隐隐的期盼并未成真。但是，实在意想不到的是，在喀纳斯卧龙湾的一条山间栈道上，在某个转角处，我们竟然与女儿的高中同学一家喜相逢，谁会想到真的有这种"他乡遇故知"的缘分呢？女儿高中住校期间，家住学校附近的同学妈妈给了女儿很多照顾，后来孩子们上大学了，各在天南地北，我与这位同学妈妈也已经好几年没见了。这次的邂逅，怎能不是意外的惊喜！

这就是旅行，它就像试金石，用种种难以预料的突发情况考验着人性。但是，只要你出发，只要你在路上，总归能遇上你期盼的人与风光！

阿勒泰，在突厥语里是金山的意思。金山银山，代表着富足、幸福、美好的生活，是古往今来人们孜孜以求的目标。也许，我们一辈子都在寻找阿勒泰。这一次，就在阿勒泰，我问自己，你找到了吗？

当我向着远方出发，当我像风一样穿过草原，当我在魔鬼城大声地呼喊，当我能够幸福地迁徙、自由地行走，当我满心疼惜地抱起一只流浪的猫咪，当我与亲朋故旧在山水间再次相逢，无论顺利或失意，都是生命的馈赠。我自己，便是我的向往。

谢谢你，阿勒泰！

夏

有没有比你更亲切的土地

一

父亲去世一年之后，我终于踏上了这片土地。

从延安出发，往北偏东方向，向高原高处，向大山深处。汽车沿着盘山公路转过了一道又一道弯，终于到达了目的地佳县——我在履历表"籍贯"一栏无数次填写过的地方，我与祖辈血脉相连的故乡，却是平生第一次相逢。

难以想象，佳县县城竟是建在高山绝壁之上，脚下黄河奔流。这里古称葭州，因境内佳芦河两岸芦苇丛生，取诗经"蒹葭苍苍"之意而命名；这里是颂歌《东方红》的诞生地，当年毛泽东率党中央转战陕北的日子，有近三分之一的时间在佳县度过。在革命形势最严峻、最艰苦的时候，佳县人民甘愿把自己仅有的粮食拿出来，不遗余力地支援解放战争。1947年，毛泽东为佳县县委题词："站在

最大多数劳动人民的一面"。在县城正街的南头，一块高高矗立的石碑上这十三个遒劲大字，就像一座闪光的灯塔，激励着共产党人不忘初心。

我的父亲，也正是在党中央转战陕北期间，加入了共产党的队伍，走上革命道路。一无所有的山里娃靠着一双脚板，走出了大山，走向西柏坡，走进北京城，从此改变了人生命运，成为荣获"庆祝中华人民共和国成立70周年"纪念章的光荣战士。

高山巍巍，黄河流淌。千百年来，佳县这座地处偏远的山城，历经苦难，顽强生存。佳县是世界上最早栽培红枣的地方，其古枣园被联合国粮农组织认定为"全球重要农业文化遗产"，成为中国西北地区首个入选的农业系统。家乡人民立足山区农业县、革命老区县和吕梁山片区县的实际情况，艰苦奋斗、埋头苦干，在2019年年底实现了整县脱贫摘帽，开启幸福生活新征程。

沿着逶迤的古城墙，我漫步在县城高低起伏的老街小巷中，走过学校、医院、电信局、美食街……路过的每一个人、每一句乡音、每一个笑容，都让我有一种莫名的亲切感。夜晚，山城灯火璀璨，遥望那坐落于孤石之上的香炉寺，感受着这方土地的宁静与沧桑。耳边传来一阵喧闹声，一群身穿校服的学生娃从高坡上奔跑而下，应该是刚下晚自习。他们那冒着热气的红扑扑的小脸儿，升腾着黄土地上新的希望。

二

阳光照耀着黄土地，山梁连着山梁。一棵又一棵枣树在沟坎里倔强扎根，见证着这片土地的日升月落、沧海桑田。蓝天白云下，沟沟峁峁草色青青，洋溢着生命的气象。

走进郭家畔村，这是父亲出生、成长的小村庄。穿过一大片玉米地，转了几道黄土坡，绕过遍栽枣树的山峁，走进堂哥家的院落。首先映入眼帘的是羊圈，满圈的山羊"咩咩"叫着，往篱笆墙挤过来，湿漉漉的眼睛透着纯良，好奇地打量着我这个"不速之客"。堂哥指着躲在里面的一只乖巧的小羊羔，告诉我这是今年春上刚出生的。堂哥早

年也到城里打过工，可终究还是故土难离，又重新过上了"早上一趟地，后晌一群羊"的生活。堂哥和乡亲们最关心的，是庄稼的收成、羊群的肥瘦以及怎样经营好这漫山遍野的枣树。他们遵循着大自然的规律，以纯粹的生命本心照亮了我们的初心，让那"就盼有一座座青山，就盼有一层层绿"的夙愿一个一个实现！

在堂哥家简朴而凉爽舒适的窑洞里，堂嫂和侄女为我们张罗了一桌丰盛可口的农家菜，香气扑鼻的羊汤、黑猪肉、炒土豆丝，还有手工制作的凉粉、黄豆钱钱饭，都是黄土地的特产。一口口米酒千万句话，胸中翻滚着热耳酸目的情愫。

不由得想起父亲生前经常念叨的往事：七十年前，母亲第一次随父亲回家乡，从火车、汽车一直到坐上驴拉的车，在傍晚时分风尘仆仆抵达婆家的窑洞。迎接新媳妇的第一顿晚餐是稀稀的小米汤，母亲喝完后等着上主食，后来才知，稀饭就是晚饭，晚饭就是稀饭，往后的一日三餐，主食都是稀米汤！今昔比对，不禁泪目，中国人几千年来的温饱问题彻底解决了，农村面貌翻天覆地变化了！看堂哥家专门储藏粮食的窑洞里，堆满了五谷杂粮，我们终于可以告慰先人，我们过上了如他们所愿的生活！

自古以来，干旱缺水的气候和水土条件，导致陕北高原生态脆弱，广种薄收，只适宜出产耐旱的玉米、小米之类的粗粮。"地老天荒梁峁秃，糜谷旱得拧麻花"，道尽了曾经恶劣的生态环境和老百姓生活的艰辛。而正是这瘠薄的黄土地，考验着、生成着、传承着陕北人征服苦难、等闲视之的秉性，于绝望之中满怀希望，再大的磨难都阻挡不了人们对生活的期盼、对幸福的渴望。这些年来，家乡人民从生态、

产业、科技等方面着力，退耕还林还草，治理水土流失，全力打造红枣、牛羊、红薯、康养旅游等产业链，贫瘠的黄土高原上走出了一条绿色发展的乡村振兴之路。

干旱的黄土圪梁梁上，生活着我的乡亲，他们忠厚、善良、刚强，他们知足常乐，坚实而细腻，他们为黄土地赋予蓬勃生机，就像那白生生的羊羔羔，就像那蓝莹莹的天。

是谁，吟咏着这样的诗句——

有没有比你更宽阔的河流。

有没有比你更亲切的土地。

（刊登于2023年11月15日《人民日报》"大地"副刊，原名为《红枣林的情愫》，有删节）

AUTUMN

秋

蒹葭萋萋
白露未晞

白云过山峰

"莫说青山多障碍，风也急风也劲，白云过山峰也可传情……"还记得年少时第一次听到这首歌，那种悦耳舒心的感觉，如山谷来风清新脱俗，又如淡雅花香沁人心脾，还似朋友、似长辈温柔而坚定的低语，哪怕听来似懂非懂，也如同清风拂去了忧愁，拂去了焦虑，将所有的疾风骤雨阻挡在外，只留云淡风轻，快意人生。

其实到如今都没能完整地看过以这首歌为主题曲的港产电视连续剧《万水千山总是情》，记忆中只存留学生时代做作业间隙捕捉到的几个镜头，在往后的岁月里不时温习与回味——

当片头歌曲响起时，交叠浮现几个家族的人物画面，最难忘少女庄梦蝶那清秀的面庞，眉目含羞，笑意盈盈；光影交错间，柔美的少女成为端庄的少妇，双眸如水、温婉平静。

　　火车站里，男女主人公初次相逢，赶火车的小庄肩扛手拎大大小小的行李包和对方撞个满怀，系行李的绳子缠到了人家的衣扣上，怎么也解不开，于是赌气地让人家自己去解。

　　出走北平、建立了自己简朴小家的小庄，为到访的故人沏茶，她拿出两个杯子，说："我家只有两个杯子，你就用我的吧！"无意间，竟发现这位故人带来的小本子上，赫然写着"我爱梦妹"……

　　这真是一个起伏跌宕、让人欲罢不能的好故事，也或许是自己人生中接触到的第一个关于儿女情长、关于世家恩怨、关于国恨家仇的百转千回的故事。故事很长，从江南到北平到上海再到香港，数十年战火烽烟中的颠沛流离，跨越万水千山，从少年讲到了白头；人生也很长，读书、工作、成家、生儿育女……所有的步骤都在一个接一个地完成，在昼夜交替的辛劳中，在经历了一个又一个猝不及防的人生变故之后，所幸还有"白云过山峰"的深情传递，也可治愈，也可怡情。

　　许多年过去，耳边不时响起这首歌，但再也没能腾出时间去追踪故事里错综复杂的剧情，现实人生的滚滚洪流，早已裹挟着我们跌跌撞撞前行。而真实世界，往往比虚构的故事来得更为摄人心魄。在长长的岁月中，怎会没有风急风劲？青山多障碍，世事本无常，因此才会有"明月夜、短松冈"的万千遗憾。于是，在那些雨落纷纷的时节，我们纪念故去的亲人，对着长眠于地下的他们说上几句话，告之我们的近况，祈愿他们安息。或许只有如此的勾连，才不会担心在"尘满面、鬓如霜"的人生变迁中，遭遇"纵使相逢应不识"的悲凉境况。

　　从幼时起，关于"死亡"，大人们给出的解释，是"睡着了，永远不会醒来了"，这是一个十分温柔合理的答案，已然是最大限度地掩去伤痛，安抚活着的人们走出阴霾继续向前。而随着年岁的增长，经历过、哭过、笑过以及数不清多少次别离过，才会惊觉，安息的他们，于"活着"的我们已是"生死两茫茫"的永诀，无论我们后来的人生是精彩还是平凡，他们再也参与不了；无论我们现时的欢乐与悲伤是多还是少，他们再也分享不到。因此，任何墓碑前的诉说，只是为活着的人找一个情感的出口，因为长路漫漫，真的需要太多慰藉与勇气。终其一生，我们都在寻找，那些痛彻心扉的失去，那些失而复得的狂喜。

世事变幻，离合聚散，万水千山。此时此地，珠江水畔，白云山巅，正是孕育"白云过山峰"故事的一方水土。风尽情吹着，山间环绕云朵。品味着随白云飘转而来的粤韵悠扬，那流连于舌面齿间的音符，并非大起大落的抑扬顿挫，却以音调丰富婉转见长，没有大雪飘落的苍莽萧肃，却有大潮涌动的率性温热。云卷云舒，潮涨潮落，海阔鱼跃，天高鸟飞，大自然生机无限，千般姿态，万种风情。

我知道，在偌大的国土之上，其实不止一座白云山，比如，就在我的父辈祖居之地的黄河之滨、黄土高原，就有一座白云山；而在我出生成长的中原大地、伏牛山系，还有一座白云山。这是万水千山相连的血脉亲缘，无声无息，胜过千言，就像默默伫立的树，就像静静流淌的河。

白云过处，皆为风景。沿着岁月的山路迤逦而行，桃花流水，窅然而去。个人的一滴水，汇入时代的浩瀚大海，无论云蒸霞蔚，无论浪奔浪流，无论欢喜悲忧，无论聚散离愁，就这样生死往复，生生不息。在万水千山的故事里，有多少个曾经天真烂漫的梦蝶，勇敢地追求着幸福与理想，经受着世事纷扰、离愁别恨的考验，始终初心不改、风雨无惧。何必抱怨命运的多舛、世态的炎凉，又何须惧怕失去、沉湎伤痛？只需记住，那回荡耳边、萦绕心间的信念，才是白云过山峰的生命伟岸。

且听声声轻柔的吟唱，

未怕罡风吹散了热爱。

唯有热爱，可抵远方；

唯有热爱，不负深情；

唯有热爱，山水可证。

见证我们活着，见证我们成长，见证我们彼此扶持，克服了所有的痛，踏平大大小小沟壑。

白云千载，生命绵延。心中那绽放的云朵，早已翻越了无数山峰。

（发布于 2022 年 10 月 12 日《人民日报》公众号）

秋

洛溪大桥

横跨珠江两岸的洛溪大桥，是我上下班的必经之路。

每一个工作日的清晨7时许，驾车自南向北行驶在大桥之上。滔滔江水向东流淌，滚滚车流南来北往，上班族从居住密集的番禺区，奔向客村、广州大桥、珠江新城，奔向海珠、天河、越秀等广州中心市区。珠江水穿城而过，江上桥梁十七八座，宛如道道飞虹贯通两岸。而这座全长近两千米的洛溪大桥，在珠江南段的支流之上，拱起长长的坚实的脊背，承载着南广州繁忙的交通运输。往西，是鹤洞大桥、丫髻沙大桥；往东，是新光大桥、番禺大桥。从大桥北向而行，眺望远方，现代化的城市建筑群在天边层叠堆砌，恍如海市蜃楼跃然于地平线上，最出众的还数那身姿纤细、高耸入云的广州塔——昵称"小蛮腰"，与宽阔的大桥遥相呼应。随着大桥蜿蜒的弧度，"小蛮腰"先是出现在人们视线的右前方，后又缓缓挪移到左前方，作为美丽花城的新地标，仿佛在召唤你追寻她的方向，奔赴新的梦想。

这座大桥，缘起于改革开放之初"改革先锋"霍英东先生等爱国乡贤，为实现番禺与广州城区的便利交通而捐资筹款兴建，建成于改革开放十周年之际的1988年，不仅结束了番禺和广州之间没有一座大桥、交通非常不便的历史，实现了当地人多年的愿望，而且创造了通航净高、连续钢构桥等几项全国第一，主孔道通航净跨度位居亚洲第一，因此在当时被誉为"亚洲第一桥"。三十多年来，大桥见证了广东改革开放大潮奔涌，助推着经济腾飞和社会发展的"风火轮"。

回想二十几年前，我第一次踏上洛溪大桥，正值世纪之交。那时青春追梦，一心想到外面的世界去看一看，从千里冰封的北国"孔雀东南飞"来到这片改革开放的南方热土。那时，洛溪大桥还在收费还贷，桥下各处楼盘正在拔地而起，"小蛮腰"、新光大桥还未诞生，互联网还是新生事物，手机才刚刚开始普及，没有汽车导航，也没有网约车等现代化出行方式。年轻的我，与来自祖国天南地北的大学毕业生一起，挤在单位的集体宿舍，每天乘坐通勤车经过洛溪大桥。大桥雄伟，仿佛登临一座山峰，每遇早晚高峰拥堵，更觉道阻且长，但我们心无畏惧，所向披靡。青春的梦想，就在大桥的迤逦延伸中，徐徐展开。

时光在车轮的飞转中倏忽而去。20年过去了，大桥繁忙如初，几经修复，益发伟岸。大桥上来来往往的年轻人，在一个个或晴朗明媚或风雨兼程的日子里，走过青春的年年岁岁，在改革开放的最前沿绽放人生理想。在这片土地上成家立业、为人父母，逐步成为业主、车主和家长，见证了"小蛮腰"第一次亮灯，见证了大江之上一座座新桥飞架南北，见证了城市发展的欣欣向荣。在政协委员的大力呼吁下，在政府的重视推动下，洛溪大桥成为国内最早取消收费、还桥于民的大桥，改革开放成果普惠民生。而在大桥之下沿江林立铺展的楼宇中，也有一处成为我心之所属，点亮了一盏回家的灯；回家的路也不再只此一条，更多了新光大桥、番禺大桥等选择，出行越来越方便快捷；大桥下面那个自己亲手搭建的小家中，从锅碗瓢勺的交响，到孩童的啼声，再到时断时续的琴声，诉说着人生的况味。江边凭栏，极目天舒，看珠江潮起，大桥飞虹，更庆幸与这时代相逢。

曾经的我们，常常在夜色中回家，避开高峰拥堵，穿行于大桥之上。大江宽阔，两岸灯火，隐约可见大桥两侧矗立的高高的脚手架，拓宽桥面的工程正在紧锣密鼓地进行。仅仅用了两年七个月，建设者们就建成了广州中心区首座大跨度双塔双索面叠合梁斜拉桥，相当于在旧桥的东西两侧各加建了一座新桥，刷新了这个城市桥梁建设的纪录。如今，洛溪大桥新旧桥双向十车道并行，行人车辆往来皆通途，过桥时间从之前的十几分钟缩短为如今的两三分钟。从我家阳台上眺望大桥，亲历亲见这条巨龙的蜕变，自豪之情油然而生。耳边不时传来航船鸣笛，在疏朗的江风中，昼夜不停歇。这座始终传递着民生关注的洛溪大桥，与古老的云山珠水一起，融入粤港澳大湾区建设发展的浪潮，焕发新的活力。

　　大桥通向远方，梦想阔步前行。

　　　　　　　　　　　（作于 2019 年 10 月，修订于 2024 年 1 月）

秋

到深圳去

　　1999 年 6 月，我第一次乘飞机从郑州飞广州，到农林下路的广东发展银行总行参加青干班考试。彼时，我还是一名参加工作仅三年的"职场菜鸟"，那时，股份制商业银行尚属新生事物。1995 年末，成立于改革开放先行之地的广东发展银行率先在河南郑州设立了首家省外分行，助力中原大地的改革建设与发展。我 1996 年大学毕业即进入新成立的广发郑州分行，开始赚取自己的"第一桶金"。在工作三年之后的那个初夏，第一次踏足岭南大地，成为我人生的一个转折点。

　　考试结束后，我没有马上返程。"到深圳去看看吧！"一起来的同事兴致勃勃地提议。深圳——特区，在内地人眼里，是一个充满诱惑的神秘所在，一个当时只有办理了边防证才能去到的地方，令我们按捺不住一睹其芳容的热切。"嗯，到深圳去，这样回家后也能跟同事朋友炫耀一下，我们也算见过大世面的人了!"就这样,两个年轻人一拍即合,跟单位请了假,直奔特区。

那次的深圳之行,我们去了帝王大厦,去了锦绣中华,还去了中英街……总之,这个比我们年龄小不了几岁的崭新城市,满怀友好之情接待了我们。不同于广州的粤韵风华,这里有更多来自天南海北的年轻声音,现代化的高楼大厦、欣欣向荣的城市面貌,让我们如愿以偿地见了世面,深感不虚此行。

也就是在那一年,我顺利通过了总行青干班的入学考试,获得了到北京五道口中国人民银行研究生部脱产进修一年的学习机会。然后,在世纪之交的 2000 年末,我又调到了广发总行所在地的广州分行工作;再然后,从银行系统到公务员,不同的岗位、相同的信念,我的梦想之花在中国南部这片热土上生根发芽绽放。

定居广州后,深圳成了我常来常往之地。因为无论对于广东还是全中国而言,深圳都是先行先试,当表率、做示范、出经验、出成果的地方。从经济、政治、文化、社会建设到生态文明建设,她一直引领着中国改革开放的脚步。她的魅力、活力、创新能力,吸引着中国和世界的目光。到深圳去,就是到中国改革开放的最前沿去,聆听"春天的故事"时代发展最强音;到深圳去,就是带着改革探索攻坚的问题去,去学习开创突破的新思路和新办法。

近几年,因为工作的关系,我更是多次前往深圳学习。

到雅昌文化集团，看艺术与 IT 怎样美妙结合，赋予文化服务人民的全新手段；到深圳建筑科学研究院，看城市如何实现绿色发展，达到节能与健康环保的共赢；到社区妇女儿童之家，看这座城市如何打造性别平等与儿童友好型的"深圳模式"……尤其难忘的是，在这里，我们与广东电视台摄制组采访了特区创建与发展的重要参与者和见证者李灏同志和方苞同志，听他们回忆当年如何以解放思想为先导，在深圳改革开放的起步中艰苦探索，以"杀出一条血路"的胆识与气魄推进改革之路；采访了中国核电之父昝云龙同志，他早年参与我国第一艘核潜艇的研制，20 世纪 80 年代南下广东，为大亚湾核电站和岭澳核电站建设做出重要贡献。在这里，我们打开了一本本厚重的《深圳口述史》，听深圳的开拓者们亲口讲述他们投身这块土地逐梦圆梦的创业故事，感受激情燃烧岁月中的勇毅、担当与无悔的奉献！

到深圳去，除了工作之外，于我还有另一个原因。自从孩子把升学目标确定为海外留学，我们得以了解到深圳教育与国际化接轨的进程，在广东乃至全国都已走在最前列，大力引进国内外优质教育资源，深圳朝着建设现代化国际化创新型城市战略目标昂首前进。在那段日子里，每个周末，我都要带女儿去深圳上课，因为这里有粤港澳大湾区甚至是全中国首屈一指的留学外语培训师资和咨询顾问机构，帮助无数孩子实现了海外求学的梦想。每当夜幕

降临，漫步在久负盛名的南山区粤海街道，不仅可以看到腾讯、大疆等著名高科技企业的闪亮霓虹，更有新一代留学归国人员燃点的新的明灯，照彻了为理想而奋斗的一个又一个不眠夜！

到深圳去，就是到奇迹诞生的地方，汲取披荆斩棘的创业豪情；

到深圳去，就是到梦想出发的地方，感受春风化雨的生机活力；

到深圳去，到南国的热与海中去，继续高扬改革开放的风帆，劈波斩浪远航！

（发表于 2020 年 10 月 27 日《深圳特区报》"读特"客户端）

秋

我走过很多地方，去过很多城市，没有一个城市一个地方像深圳那样，那么多家庭，那么多孩子聚集在书城尽享读书之乐，这快乐温馨的场面，我永远都会记得。

联合国教科文组织总干事 伊琳娜·博科娃

哥，你好

　　12 岁那年的中秋节，大哥领着我，在家门口那条大马路上来来回回走了好几趟，这是兄长特意陪着刚上初中的妹妹散心、减压。彼时的我，刚经历了学业上的挫折和又一次失亲之痛——先是小升初失利，紧接着姥爷突发疾病去世，一系列变故，使我不得不含泪离开抚养我的姥姥家。生活环境的变化，无形之中更增添了一个孩子的敏感与紧张。于是在那个秋凉月夜，在那空阔寂寥的牧野街道上，大哥带着我一路走一路聊，主要是他在开导，说了什么已不记得，只记得忽见眼前一轮硕大的金黄的圆月，玉盘一般，挂在漆黑的夜幕之上，似伸手可摘，又只能敬远观之。这夜的月亮，以无比清晰的形象，深深地印在了往后人生清朗的岁月里。

　　说起来，我本有三个哥哥。最大那个哥哥，生于 20 世纪 50 年代末的"大跃进"时期，因患有先天性心脏病，不

秋

到 5 岁就夭折了。陪伴我至今的大哥、二哥，分别比我年长 14 岁和 11 岁，他们当是父母留给我的仅有也是最大的财富了。

从小就从姥姥姥爷那里听到关于两个哥哥的许多童年趣事，他们小时候是如何调皮，又是如何乖巧。比如每当妈妈带着两个哥哥到姥姥家，哥哥们第一件事就是往姥姥的大床底下钻，因为他们知道那里藏着枣子；比如大哥 3 岁时跟着爸爸回陕北老家，宁可饿晕过去也坚决不吃一口米饭，因为他知道那袋大米是爸爸专门背回来孝敬奶奶的；再比如也是 3 岁多的时候，二哥在姥姥家上厕所，一看到姥姥进来就赶紧提着裤子起来，说"姥姥，你先上"……多么懂事的两个小男孩！

遗憾的是，妈妈去世时，两个哥哥一个"上山下乡"，一个正上高中，都还不到 20 岁。没有母亲的操心，一个人的人生轨迹会因此改变多少？只能说，一切都是命运的安排。

而我很幸运还有两个哥哥。我仍然记得，六七岁时的那个冬夜，我独自从小姨单位的公共澡堂返回姥姥家，远远地就看见路口大哥的身影，他用一条灰色围巾半蒙着头，故意吓唬我说——"大灰狼"来了！这就是我的大哥，被家人昵称"小胖"，生性活泼，好交朋友，心灵手巧，年轻时就是个会弹吉他的文艺青年，弹得最多的是当时的流行歌曲《外婆的澎湖湾》。那时的"朋友圈"里，大哥以两项手艺闻名，一是理发手艺，周围亲戚朋友"推头"的生意都是他义务承包的；二是手工制作的可伸缩衣架，这可是大哥自己的发明创造，用钳子把钢丝掰弯扭制成立体衣架，且可以伸缩折叠，方便携带，成为馈赠亲友的佳品。

我的二哥，则是另一种个性的代表——勤奋而倔强，是家族里我们这一辈的第一个大学生，也是学历最高的人，后来当了大学教授，也因此成为我学习的榜样。二哥同样是动手能力极强的人，厨房里，切土豆丝是他的拿手绝活儿，刀功一流；实验室里，他的专业是金属热处理，获得多项发明专利。而两个哥哥最大的优点还在于孝顺，特别是大哥在照顾老父亲上功不可没，老爸进入90岁高龄之后，大哥更是贴身服侍，老人不能吃硬的，就每天各种蔬果肉泥变着花样做，每周为老人剪指甲……至于对我这个妹妹，无论上学、就业、结婚，还是后来小家庭需要帮忙的各种事情，两个哥哥从来没有让我失望过。二哥参加工作的第一年，就利用假期带我去了趟鸡公山旅游，当时"旅游"对我们这个家庭还属于奢侈品，但哥哥就是不想我因攀比人家孩子而失落。大学毕业找工作时，大哥更是责无旁贷地领着我到一家新成立的大公司"毛遂自荐"，帮我顺利地拿到了人生第一个录用通知……

又到中秋，经过了倏忽而逝的一轮又一轮12个年头。为了纪念那些温情陪伴的日子，我看了场电影《哥，你好》，也想表达一份对兄长的思念和敬意。

钱穆在《谈诗》一文中说道："我们不必要想自己成

秋

个文学家，只要能在文学里接触到一个较高的人生，接触到一个合乎我自己的更高的人生。比方说，我感到苦痛，可是有比我更苦痛的。我遇到困难，可是有比我更困难的。我是这样一个性格，在诗里也总找得到合乎我喜好的而境界更高的性格。我哭，诗中已先代我哭了。我笑，诗中已先代我笑了。读诗是我们人生中一种无穷的安慰。"

于是，与剧中人一起哭哭笑笑。我们自己又何尝不是剧中人？岁月的列车不为谁停下，在这部以北方为故事背景的影片中，尾声响起了那首经典粤语歌曲——

冷暖哪可休

回头多少个秋

寻遍了却偏失去

未盼却在手

这是成年之后熟悉的语境，疏朗、恬淡却深沉——迷惘里永远看不透，没料到我所失的，竟已是我的所有。

影片的英文片名 *Give Me Five*，该做何理解？只是一句简单的问候"嗨你好"吗？或者与影片中的父子老伍小伍有何暗示之意吗？

12 岁那个中秋夜的第二天，语文老师在课堂上布置了作文《我的中秋夜》。我很快写就，老师当堂批改并写下了评语，评价有"抑扬顿挫"之意。

今夜中秋，我也写下一篇小文。献给心中的圆月、身边的亲人。岁月没有冲淡远去的身影，反而让一些回忆更加清晰。我的兄长如父，我的童年也无憾。回望青春匆匆而过，接受了阴晴圆缺，即便这夜无月，也珍惜，也欢喜。

影片用泰戈尔的诗告诉我们：只有献出生命，才能得到生命。因此，我宁愿选取 Give Me Five 的另一层含义，那是加油鼓劲之意，用这句话召唤身在遥远故乡的兄长，道一声——

哥，你好！

（写于 2022 年 9 月 10 日中秋夜）

秋

故乡又叫血地

观影《一直游到海水变蓝》感悟

麦子、植物，生长不易察觉，大地上的生命无不如此。

田野中的三株榆树陷入沉默，如同父亲、母亲和孩子。

多年以前，当列车驶过北方的大平原，我的广东同学们连连惊叹——好美的田野！一马平川！

此后每一年，走过山山水水沟沟壑壑，再回中原、再见中州，更添辽阔之意，更深一分情感！

起初有疑惑，这个发端于内陆山西的故事，为什么名字叫作"一直游到海水变蓝"？

看过之后才明白，这是四位来自不同地方的作家讲述各自家乡的故事。从山西的贾家庄，到陕西的棣花、河南的梁庄，再到浙江的海盐。确切地说，不是故事，而是记录。这恰恰是我工作中接触到以口述历史的形式，由亲历者讲述故乡、父辈与自己的故事。因为亲历，因为真实，也因

影片中的老人（上图）
我的父亲（下图）

为文学家本身口述的感染力，去粗取精、去伪存真，原生态的生活呈现，比虚构的故事更感人、更精彩！

正是那位不甘于一辈子做牙医、后来终成为大作家的文学青年余华，当年曾经在咸咸的海风中立下誓言，要游过那泛着黄色的水流，一直游到海水变蓝！

越过高山和大河，历经人生艰难。诗和远方，铸成信念，支撑着平凡的世界。故乡，始终是作家们作品的底色。

听梁庄人讲到母亲、讲到姐姐，这些段落于我感同身受。我的出生地——新乡——牧野之战的古战场，我多少次走过这片土地，多少次与亲人骨血相聚又分别。过去，从未想过要去了解它，甚至觉得这个地名和它的方言都"土得掉渣"，令我毫无留恋弃它远走；而今，故乡在万水千山之外，没有任何一个地方比它更让我牵挂，血脉相连的根系，每一条道路都通往内心深处。随着年岁增长，每一次归来都不忍离去，只怕转身之后，人生的天堑再难逾越！

所以故乡又叫血地。

家乡的那条河，永远给我们滋养，

家乡的那条路，送我们抵达远方。

收拾心情，继续前行。

再见！我的父辈，还有兄长。

（作于 2021 年 10 月 6 日）

我的青春岁月里有你

改革开放 40 多年，在人类历史长河中只是"弹指一挥间"，可是对于每一个个体的"我"来说，却是从"少小"至"老大"人生旅途的生命蜕变，是奋斗成就梦想、与祖国和时代一起砥砺前行的岁月征程。

初见：你好，广发！

我祖籍陕西佳县，在河南出生长大，黄河两岸的郑州和新乡这两座城市都是我曾经生活的地方。1996 年，我从郑州大学毕业，人生第一份工作就"遇见"了广东。那时，广东发展银行作为国内最早组建的股份制商业银行，于 1995 年底在郑州设立第一家省外分行，从郑州大学等高校招收了 20 多名应届毕业生，我是其中之一。记得当年第一次走进分行，富丽整洁大气的营业大厅令人眼前一亮，

端坐在储蓄专柜的两个小姐姐简直像电影明星一样漂亮，她们面对顾客时那优雅得体的笑容，更让人顿时心生好感。对于刚出校门初入职场的我而言，这样一个崭新的既富于现代气息又洋溢青春活力的地方，怎能不拥有巨大的吸引力？就这样，带着对美好未来、对遥远广东的新奇憧憬，我在广发迈出了职业生涯第一步。

　　分行要求所有新进大学生不论什么专业，一律在柜台一线实习三个月，熟悉储蓄、出纳、结算等银行日常业务操作。从单指单张点钞法、多指多张点钞法、传票数字录入等业务技能到"头寸""尾箱"等业务术语，再到服务礼仪的学习内容一应俱全。印象最深的就是我和小伙伴们经过训练后形成的条件反射——听到电话铃响起三声之内就会拿起听筒，道一声："你好，广发！"比一比谁的声音更加悦耳、有魅力。还有每天晨会上齐声诵读行训："广发事业我追求，广发成功我自豪！作为广发人，我要做到……自强不息，止于至善！"从那时起，对"止于至善"这几个字的思考、理解和追求就一直伴随着我，而对于职业道德和职业责任感的那份尊崇和敬意，正是始于广发的培养，并深深影响着后来的我。

我们这批学生入职不久，就收到了第一份职业警示：一位比我们年龄大不了几岁的年轻女柜员，因为在业务办理时经手的1万元现金"不翼而飞"，最后受到了开除处理。这个活生生的反面案例给大家敲响了警钟，使我们第一次认识到在银行这个和"金钱"打交道最直接的部门里，恪守职业操守和常备风险意识是何等重要，要抵得住诱惑，牢记"莫伸手，伸手必被捉"，才能经受住各种考验，扣好人生的第一粒扣子。

或许是由于在同龄人中我是唯一一个中文专业毕业生，实习结束后，其他同学都被充实到各支行一线柜台，我则被分配到了分行营业部的综合部。我与另一个职校毕业的帅哥小S的到来，使我的第一个师父——时任综合部经理的老J得以"脱光"（"光杆司令"），从此配上了一兵一卒（秘书和司机）。老J 30多岁，面庞方正，总是

秋

笑眯眯的，之前干过旅行社，善于协调对外关系。在他的带领下，我们这个3人小团队承担起营业部行政、文秘、后勤、管理一揽子工作。师父教给我的第一课是学写工作总结，老J语重心长地告诫我，不能"光做不说"，而要"会做善说"，把看似平实枯燥的日常工作加以梳理总结，及至提炼升华为经验材料，是要花心思的。正是从老J那里，我既学到了"短平快"地写简报，又亲历了在行庆1周年纪念节点上全面总结"工作战报"，也算是依托自身中文功底，与金融行业实践相融合。作为一名文科生，用文字和作品来记录一个平均年龄不到30岁的青春团队的成长，正是我所能，更是我所爱。

看似寻常最奇崛，成如容易却艰辛。在分行营业部这个起点上，我参与和见证了这家新兴股份制商业银行从创业初始点滴起步，锐意进取拓展业务，到细化管理、完善制度、加强内控的每一个脚印。那时，每天萦绕耳边的就是营业部老总经常念叨的"存款存款存款"，这可是银行经营发展的生命线啊！自己也克服了最初的胆怯和拉不下"面子"的心理，把能用到的社会关系用到极致。比如听说A同学的B朋友新开了一家公司，就主动上门营销，成功地说服这家公司把代发工资账户开在了广发。对银行人来说，常常是为了吸收存款全家老少、亲朋好友齐上阵，一人在广发，全家干银行！有同事用顺口溜形容我们的工作日常是"披星戴月心操碎，天若有情也掉泪"，这正是

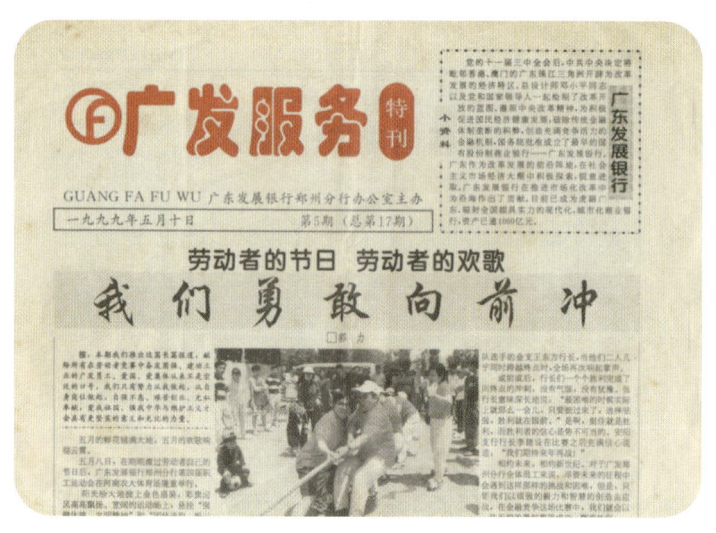

当年广发草创并在激烈竞争中求生存、谋发展的真实写照。

　　一年之后，我被调到分行办公室，负责公文办理、材料起草以及编辑行刊《广发服务》。在这里遇到了我的第二个师父，按照北方人的习惯，我尊称他为小 L 老师。小 L 老师虽还未到而立之年，但才华横溢，口才文采俱佳。承蒙他的指导，我在银行公文写作、起草领导讲话等方面有了长足的进步，并逐渐承担起了行刊记者兼编辑的任务，每天组稿写稿、整理校对，忙得不亦乐乎。印象颇深的是当年跟随小 L 星期天跑印刷厂校对刊物的日子，两个年轻人无家事负担，周末乐得加班，也格外认真，细节之处时有争论，达成一致意见后击掌相庆。慢慢地我也学会了主

秋

动挖掘采写身边的新闻故事，有一次，我写了一篇题为《足迹》的小文，记叙了分行营业部、科技部这些一线岗位的姑娘小伙为完成任务忘我工作的事迹，是"我手写我心"的真情之作。没想到刊发后就收到了来自行长、副行长的电话表扬，称赞文章写得好，描写生动感人，讴歌了敬业精神，鼓舞了士气。在行刊编辑这个岗位上，我不仅锻炼了才思，也深深体悟到文化建设对企业发展的精神助力。

时至今日，总有人问我当年为什么选择了广发。我想，当然是因为"广东""发展""银行"这几个词组合形成的强大魔力——在小平同志 1992 年发表南方谈话之后，广东作为改革开放的排头兵、先行地、试验区，发展更是先行一步，成为发达和先进的代名词；而正如小平同志指出的"银行是现代经济的核心"，在改革开放大潮中诞生的股份制商业银行这一新生事物，因其灵活的机制优势而展现出强大的活力，给了年轻的我们尝试和历练的大好机会，也是我实现自力更生、走向独立生活的开端。

结缘：从中原到岭南

时间来到 1999 年 6 月，在工作了三年之后，我得到了参加广发总行青年干部培训班考试的机会，这也是我第一次独自出远门从郑州飞广州。一下飞机，我立马感受到了南国的热浪滚滚、绿意葱茏。入住总行附近的东方丝绸大酒店，我置身车水马龙街道，仰望摩天大楼林立，耳边回响着"内侯""唔该""猴赛雷"的陌生语音，面对充满未知和希冀的明天，心情既忐忑又激动。

在广发"大本营"——总行写字楼的一间会议室，我与来自广东省内外分行的同事们一起参加笔试和面试，角逐到北京的中国人民银行研究生部学习进修的名额。记得笔试时，坐在我邻桌的一位兄弟分行男同事向我借了一支笔，那时谁也不会想到，这就是缘分的开始。在借笔男同事的回忆里，无领导小组讨论的环节，我"先发制人"地第一个发言——"我先说说自己的观点"，表现得冲劲十足又带着青涩。其实，抢在前头只是因为自信不足，担心别人把自己想说的话先说了，轮到自己就无话可讲了。殊不知，真正的高手是最能沉得住气的，就如这位男同事，在倾听他人的意见观点之后，做了总结陈词，言语实在，令人印象深刻。

人生中首次南方之行，于我是一个转折点。那时的我，在家乡生活了二十多年，非常渴望有机会到外面闯一闯——只因"世界这么大，我想去看看"。考试结束后，我和同事慕名来到白天鹅宾馆叹了早茶，在珠江潮涌、南海来风中，感受活色生香的粤式风情——精致、多样，不甚浓烈却意蕴绵长。广州之外，我们一路向南到了深圳。我最要好的小学同学，早在 20 世纪 80 年代末的中学时代就举家从郑州迁往深圳，这个充满神秘感的经济特区，也是朝气蓬勃

秋

的淘金之城。于是，我们如电视剧中的外来妹一般，到了改革开放的桥头堡见世面。

"东西南北中，发财到广东"，我们在旅途中邂逅了一位东北小伙子，一路搭伴直到旅程结束。尽管是走马观花，也足以眼花缭乱。深圳街头即买即用的大哥大、BP机，各式各样的新潮电器及日用品，还有一群群怀揣梦想、步履匆匆的打工仔、打工妹，标志着这个城市日新月异的行进节奏。在深圳，真正能感觉到北方的、南方的人们融会在一起，既可以饮早茶、食肠粉，又可以下面条、吃饺子。改革开放先行之地的生机活力，让我们如愿以偿地"见了世面"，深感不虚此行。

深造：十月的歌声

那一年，我顺利通过了总行青干班的遴选，背上行囊与来自广发系统的 15 位同学一道奔赴北京，到享有金融界"黄埔军校"美誉的人总行研究生部（现名清华大学五道口金融学院）脱产进修一年。这是我国金融系统第一所专门培养金融高级管理人才的高等学府，是我国金融改革的桥头堡和思想策源地，长期以来被人们亲切地称呼为"五道口"。与其他培训不同，我们广发班是与当年新入学的99 级硕士研究生一起上课，同吃同住同学，扎扎实实地跟班深造。

　　学校的办学方式极具鲜明特色，紧贴金融实务、实行导师外聘，邀请现职金融领域一线领军人物、业界专家担任兼职导师，邀请国内外名校的优秀教师兼职授课，可以说是兼顾了学术性、实战性与前沿性。比如当时我们的专业课老师就分别来自国际关系学院、香港中文大学、香港科技大学乃至美国南加州大学等一流学府。著名经济学家唐旭老师时任研究生部主任，这是一位温和儒雅、学术造诣深厚、有着崇高人格魅力的学者型领导。他曾对学生讲过一句话："以你的聪明和勤奋，一定能做成一个非常赚钱的企业，但是这不够，你要致力于建设一个伟大的企业。"时隔多年之后，这句话依然有着震撼人心的力量，启迪着我们不断磨砺自我，去追求更有高度、更有境界和更有品位的人生。

　　我们广发班的同学都是有了几年工作经验之后，重新"回炉"深造，对于这个难得的学习机会，大家倍感珍惜。从宏观、微观经济学到金融理论与实务，还有英语听说读写，同学们啃着厚厚的课本拼命"充电"。印象中，我们在8月中旬提前入校进行英语集训，认识的第一位老师就是班主任王丹老师。王老师是学校91级硕士毕业生，有过联合国工作经历，英语口语极佳，性格又活泼开朗，教学方法生动有趣，与同学们打成一片。有这么棒的老师带着学英语，就一点儿也不觉得枯燥艰难了。特别难忘的是在来年桃花盛开的春天里，我们的英语课堂搬到了颐和园，昆明

湖边春风和煦，我们徜徉在朵朵桃花间，朗诵着英文诗篇，与外国友人热烈交谈，游学相伴，乐而忘返。

　　广发班上绝大多数同学是来自广东省内分行的地道"老广"，也是我接触到的第一批广东人。在我眼里，广东同学融平和随性与勤劳坚韧于一体，相熟之后，强哥、冰哥、阿鹏、阿玉成为我们彼此间亲昵的称呼，"打不死的小强"这个有趣的典故逐渐为大家津津乐道，耳畔不时传来的粤语歌曲流露的深情与旷达也深深感染着我。在北京的校园里，我的广东同学们很努力地用"广普"发言交流，适应着每周一次到北方大澡堂"冲凉"的生活方式，可还是念念不忘广东的"靓汤"。于是，勤劳的广东同学利用周末时间轮流到市场采买食材，在宿舍精心煲制玉米排骨汤等各式食补汤水。香气引来了左邻右舍的食客，"厨神"呼朋引伴地招待大家一起分享，同学们团团围坐，你一勺我一口，既犒劳了肠胃，又交流了思想，这道热气腾腾的周末大餐日渐成了我们提高生活质量、缓解学习压力的保留节目和生活"标配"。

那一年适逢中华人民共和国成立 50 周年大庆、澳门回归、迎接千禧年等重大历史节点，我们有幸在首都北京与伟大祖国一起见证。国庆前夕，我们在校园里精心组织了一台文艺晚会。身为文学青年的我，自然要"歌以咏志"，自酿诗篇。当年所写诗的主要内容已记不清了，只记得前两句是："十月的鲜花开满大地，十月的歌声是献给母亲的深情……"

回想这首诗的"诞生"过程，经历了数易其稿。当年入学考试时从我手上借笔的男同事，是北大毕业的高才生，不仅时常以"地主"身份带领大家造访隔壁的燕园，更以"班长"身份行使审查国庆节目的职权。于是，他不断地提修改意见，一开始认为写得太短，要扩展；改过再看，又说太长，要删减，搞得我很是恼火。终于删来改去令班长大人满意之后，又要集体推选一男一女两位领诵，唯一的考察标准就是普通话水平，结果毫无悬念，有北方生活基础的我与班长双双入选，开启了此生第一次正式合作。

文艺是最能凝聚和鼓舞人心的。当我们身着整齐的演出服站在舞台上，我们代表的就是"广发班"这个集体，代表的是来自改革开放先行地的这支金融生力军，我们万分荣幸能够在中华人民共和国成立 50 周年的历史时刻深情礼赞祖国，积蓄迈向未来的壮志豪情。

安家：不辞长作岭南人

一年的北京学习结束后，带着对"食在广州"的无限憧憬和对南国生活的热切向往，我于 2000 年调入广发广州分行，成为一名"新广州人"。从内陆到沿海，不仅仅是生活习惯的改变和适应，更多的是精神风貌的洗礼和浸润。岭南这片包容性极强的沃土接纳了我，给了我安身立命之地。从此，经年沐浴南国的风，浸染南国的热，在早茶荔枝煲汤的滋养中，不辞长作岭南人。

时间一晃 20 多年过去，我的五道口及广发班同学们，都已成为金融界的中坚力量、领军人物。我本人工作岗位几经变化，历经商业银行、政府机关、群团组织、政协等不同领域。而当年那位向我借笔的广发青干班同学，也与我一起在新世纪揭开了人生故事的新篇章——我们在广州建立了自己的小家，一起奋斗筑就青春梦想。一开始租住农林下路一小区楼梯房的 10 楼，每天爬上爬下；后又搬到位于三元里的单位宿舍楼梯房的 8 楼；几番搬迁之后，终于在珠江之畔有了属于自己的电梯洋房，有了活蹦乱跳的娃娃。我们的孩子在广州出生、长大，这些新生代现在自豪地介绍自己是"湾区人"，他们从这里走向世界，走向更为广阔的人生。

今天，我要说，改革开放先行之地的广东，给了像我这样数以亿计从外省而来的年轻人实现人生价值的机会。我们从家乡飞越南岭，到这片向海而生的土地上创业乐业、历练成长。回想 20 年前，手机才刚刚开始普及，互联网还是新生事物，我们用手写的书信表达着对亲人的思念。目之所及，"小蛮腰"、西塔还未诞生，海心沙还未开发，珠江新城也才刚刚崛起，而我上下班必经的洛溪大桥还在收费还贷。

20 年来，我在这片土地上，成家立业，劳作生息，见证了洛溪大桥不断发力的"威水史"，不仅成为国内最早取消收费、还桥于民的大桥，而且现今新旧双桥全面开通，"金钻耀珠江"通途雄壮；见证了珠江新城西塔东塔相继刷出广州新高度，人工智能与数字经济试验片区分布珠江两岸，科技领跑先行示范；见证了南沙 QLFP（合格境外有限合伙人）试点政策落地，跨境投融资更加便利，粤港澳大湾区金融改革开放迎来新格局。千年商都迎风向海，成为世界读懂中国高质量发展的绝美窗口！

回望来路，职业生涯中那段商业银行的经历，无疑是一段弥足珍贵的记忆。当年股份制商业银行在充分市场化方向上先行一步，围绕业绩目标，强化绩效考核，在用人机制、薪酬机制等方面勇于创新，不论资排辈、不搞平均主义"大锅饭"，吸引了大批优秀人员"加盟"，也给了年轻人施展才干、脱颖而出的舞台。诸如末位淘汰制、破格提拔制等奖勤罚懒激励措施，在实现"能者上、庸者下、劣者汰"的用人导向上做出有益探索。而今，在数字经济发展的浪潮下，商业银行加快数字化转型，打造面向未来、跨界服务、共享共赢的数字化银行，不断地强化为经济高质量发展"造血"功能，更好地助力实现中华民族伟大复兴中国梦。

回忆青春日子，总是姹紫嫣红。我幸运，在青春岁月里，有你，有你们，有一路与我同行的奋斗者。在湾区，在岭南，在一起挥洒汗水的土地上，汹涌着无尽的美好，奔腾着星河滚烫，深深地镌刻在我的青春记忆里，润泽了人生旅途中的那些芬芳时光。

（刊登于《南方岁月》）

WINTER

冬

采采卷耳
不盈顷筐

那一个浅蓝色的澡盆

　　一个冬日的午后，阳光暖洋洋的。我走出办公室，看见走廊那头，一位同事大姐手上拎着两个袋子，肩上还扛着一个浅蓝色的塑料澡盆，快步向我走来。我忙接过她手上的袋子，随她一起返回办公室。大姐喜滋滋地告诉我，她的女儿快要生小宝宝了！这是她为即将出生的小外孙新添置的洗澡盆还有小衣物什么的。特别是这个澡盆，大姐向我展示了其中的"机关"——底部有一个活塞，可以旋转开，洗澡水自然流出，就不用费力气抬起澡盆倒水了！

　　端详着这个浅蓝色的澡盆，熟悉的颜色和款式，似曾相识的感觉一下子勾起了我的回忆。十几年前，我女儿刚出生的时候，用的就是几乎一模一样的澡盆，只是那时，还没有底部设置活塞的小发明。在迎接新生命到来的人仰马翻的忙乱中，作为新手爸爸妈妈当时购置这个澡盆的情景，现在已经记不清楚了。那时的网络资讯也远不如现在这么发达，只记得我们在书店挑选了几本育儿书籍，为人父母自学成才，包括如何给小婴儿洗澡，也是在书本和朋友的指点下，自己摸索出来的。

在大姐买了澡盆大约半个月后，她家的小宝贝如期降临人间，爷爷奶奶、外公外婆在产房外守候了差不多两天时间，年轻的妈妈历经千辛万苦，终于迎来了一个健康可爱的小生命！后来，我们这些同事朋友也相约着去看望襁褓中的小公主和妈妈，小婴儿粉粉嫩嫩的模样，让我们不禁想象：过不了几年，一个扎着羊角辫的俊俏小姑娘就会蹦蹦跳跳地出现在我们面前啦！

草木会发芽，孩子会长大。我的女儿不就是这样长大的吗？我家这位小主如今已是一个 18 岁美少女。18 年的抚育陪伴成长，对彼此的生命都是一段美好难忘的记忆。现在，18 岁的少女也会很"超前"地谈到她对未来家庭的构想，她说："妈妈，我不排斥养一个小孩子，但不一定非要自己生，很可能去领养一个，因为我很怕生孩子的痛。所以这方面，不要对我抱太大希望哈！"作为妈妈，当然舍不得自己的女儿痛，当然永远是尊重孩子自己的选择。

每一代有每一代的梦想和活法。就像今天的 18 岁少男少女，还没有真正开始一段恋爱，距离繁衍下一代也还有不小的距离。但哪怕未来充满了无数未知，他们已经开始冷静地做着规划。只是我还是不免担心，当未来已来，人生中还是可能会面对挫折失意和痛苦艰难的考验，孩子们有足够的抗压能力吗？毋庸置疑，他们拥有的丰富精神世界和富足物质生活远胜同年龄时期的我们，但在父母无微不至的关心照顾下，他们也还没有遇到过需要真正独立面对的困难，如果说大自然总有风雨乃至雷暴，我想他们需要一些应对的准备。

比如迎接一个新生命，欢喜之外，确实是需要足够的勇气和充分的准备。这就像一个盲盒，是男是女？健康还是疾病？温顺还是顽劣？从孕育到生产再到哺育和教育，从时间金钱到体力精力再到高质量的陪伴，以及对于可能到来的不完美的接纳，哪一样不需要成熟的父母付出大爱与心智？其中，仅从一个澡盆的进化，就可看出千千万万为人父母者最平凡的日常却又是最诚意的奉献。

那天回到家里，问女儿是否记得，小时候也有过这样一个浅蓝色的澡盆。孩子说没有印象了。但她记得，小学时候，妈妈有一段时间工作不是很忙，每天都可以接她放学回家，然后陪着她写作业，切点水果放在书桌上，那是她最幸福的时光；还有在她更小的时候，爸爸带她去文具店，她想买一个可擦笔但是有点贵，爸爸就想说服她买另一个便宜点的但也很漂亮的本子，最后，因为她都想要，两个就都买了，那是她最快乐的时刻……孩子的幸福，就是这样简单的陪伴和温情的赠予。

我没有告诉孩子的是，那天回到办公室，其实我有点忍不住泪盈于睫了，因为想到了在孩子的童年记忆里，既没有"外婆拄着杖，将我手轻轻挽"的抚慰，也没有"八月十五月儿圆，爷爷陪我打月饼"的团聚，祖辈的早逝，令孩子得到的爱不是那么完整，也成为我此生深深的遗憾！

可孩子轻轻的一句话，抹去了我所有的眼泪与顾虑："放心吧！妈妈！我已经得到了你们最好的爱。那些没有得到过的，也就没有失去的遗憾，哪能事事如意？谢谢爸爸妈妈，让我生在了这么有爱的人家……"

那一个浅蓝色的澡盆，是外婆的爱，也是妈妈的爱。爱有苦辣酸甜，也有沧桑变化。纵使人间有不圆满、不完美的缺失，但我们用生命传递的爱——永不缺失，也终将成为战胜所有困难的勇气和底气。

那一个浅蓝色的澡盆，像生命的小船，摇曳在心间，随人生漂转，踏过千重万重浪花。

（作于 2022 年 11 月）

冬天的守望

大年初一。祈福的人群拥向大悲禅院。随人流前行，途经一座院落，不由得停下脚步多看了一眼。是冥冥之中的因缘吧，门口的牌子上写着"天津美术学院"。

这些天来，兄长们一直在通过各种方式问询求证，母亲于 20 世纪 50 年代就读的河北师范学院，究竟位于哪座城市、哪条街道。而所有可能的答案，都指向大悲院旁、天纬路上的这所学校。1952 年，我们的母亲被保送进入河北师院（前身是北洋女师学堂）化学系，度过了四年大学时光，并在这里结识了晚她两年入学、就读于政治教育系两年制专科的父亲。1956 年暑假，他们毕业，该校物理化等理科类院系迁往石家庄，艺术类院系仍留在天纬路原址，几经更名后，直至 20 世纪 80 年代初定名为天津美院并延续至今。

北方正月，大寒节气，气温零下五摄氏度。蓝天朗日，

冬

微雪飘零。疫情甫过，无法访校。只有伫立校门口，凝望
灰色的砖瓦，呼吸清冽的寒风，回眸岁月的踪迹。为什么
会来到这里？为了亲人爱人团聚。为什么要等到逝去之后，
才有机会找寻过往的真相？当时只道是寻常。如果穿越 70
年时光长河，作为女儿的我，与母亲在这校园相逢，我们
该如何相识，我们又能否成为朋友？我能否助力她爱情的
选择，以此时代的女性意识，让她在彼时代更多一点对自
己的珍重？如果我们交换了彼此的人生，能否以我之康健，
延展母亲生命的长度，令她可以尽享这人间的清欢与天伦
之乐？而我，也能否如她那般旷达，更有底气地、开朗自
在地信步人生路，水击三千里、浪遏飞舟处？

　　光影对话，时间无言。这一刻，风吹过，树萧瑟，路

向远方，世间烟火。我从千里之外而来，跨越了两万五千多个日子，拂去那些经历过或未曾经历过的尘埃，眺望着心之所属的方向。此地，此时，生命的草芽在凛冽的朔风中勃发，母亲与孩子没有被人生的起伏和磨难挤散，逆风而行，相逢和相拥。那些泪水，那些汗水，冲刷着光阴的刻度，让温暖变得滚烫，让光亮愈加耀眼。

人生就是这一场奔赴。幼树成林时，溪流入海处。生命澎湃，激流浩荡。

人生就是这一场约定。冬去春会来，真情永辽阔。不畏至难，心向至远。

冬

山河岁月间

　　宅家的日子里，做了一件以前从未想过的事情——密集观赏了数十部二十世纪三四十年代好莱坞经典电影，精听或浏览，狂扫了一遍。包括《蝴蝶梦》（*Rebecca*）、《美人计》（*Notorious*）、《爱德华大夫》（*Spellbound*）、《生活多美好》（*It's A Wonderful Life*）、《金玉盟》（*An Affair to Remember*）……其中相当一部分唤起了我童年模糊的记忆，那时看得似懂非懂，而现在，似乎懂得了。

　　这些摄制于 70 多年前好莱坞鼎盛时代的经典影片，在大约两个小时的篇幅中，讲述彼时代的一个个人生片段，美好的、悲伤的、惊险的、历经磨难的……尽管离我们如此遥远，但我一直认为，讲述者对真善美、对追求是认真的，对人生价值的探索是认真的。而我们为什么要观影？一个重要原因是，从他人的故事中，获得自己生存的意义和力量。

　　是的，今天，我们活着，但我们无法预测，未来的人生终点，将会在哪个时间、以何种方式到来，我们会怎样告别这个难忘的、五彩缤纷却又是五味杂陈的世界。

而当我从那一个个鲜活的、动人心魄的银幕形象出发，追溯塑造出这些形象的演员，访问他们的人物生平，整理他们从人生起点到终点的命运轨迹，仿佛对生命又有了新的体察。

他们大多诞生于 20 世纪初，原生家庭贫富不一，由于战争或其他因素的影响，有的很早就在社会闯荡，也有的幸运地受到良好的教育，当然，有一点是共同的，他们都有着表演的天赋或对戏剧艺术的热爱，并在多次尝试和努力之后，得遇伯乐的发掘。

他们在黑白银幕上讲述时代故事，又在现实人生中演绎悲欢离合。

而他们的人生终点，也呈现出不同。

大多数死于疾病，排在前面的是心脏病、癌症、中风或帕金森病。癌症中，又以肺癌居多，而吸烟成为明显诱因。

小部分死于意外事件，如火灾、飞机失事。也有因抑郁而自杀的案例。

大部分长寿，活到八九十岁，其中有几位高龄老人在睡梦中离开人世，值得羡慕。

小部分并未那么长寿，卒于五六十岁。在我们这代人还未出世的时候。

而给我留下最深印象的，是这样两位演员。

一位是詹姆斯·史都华（James Stewart，1908 年 5 月
20 日—1997 年 7 月 2 日），出生于美国宾夕法尼亚州。

他是学霸，从小成绩优异，拉琴、作画、写诗、运动
均擅长，还喜欢研究飞机模型，后来毕业于普林斯顿大学
建筑系。

他是演员，是奥斯卡最佳男主角，从开朗热情、诚恳
踏实的小市民，到有勇有谋、无私无畏的爱国英雄，文武
双全，荣获多个终身成就奖，是美国文化中优雅传统时代
的象征。

他是将领，二战爆发后，他义无反顾参军，成为一名
美国空军飞行员，数次出生入死，驾驶轰炸机轰炸敌人堡垒，
参加秘密军事行动，获得勋章无数，是名副其实的战斗英雄。

无论银幕前后，他几近完美，符合美国人心目中理想
的品德与形象；他被认为是一位平凡中见伟大的人物、一位
"非凡的凡人"，甚至还被形容为"美国的良心"。

跨越时代和国度，这样的人物是我们共同的典范。

另一位是琼·芳登（Joan Fontaine，1917 年 11 月 21 日—
2013 年 12 月 15 日），她在 Rebecca 中文静瘦弱不自信的
形象吸引了我的注意，但意想不到的是，走下银幕的她，
似乎截然不同，更富于戏剧性。在我们可见的文字描述中，
她与比自己人一岁的姐姐奥利维业（Olivia de Havilland）一
直相爱相杀，甚至最后老死不相往来。姐妹二人都是当时
的大明星，拥有出众的表演才华，都是奥斯卡最佳女主角（姐

姐获得两次、妹妹一次），然而她们的角逐厮打从爱情、亲情到事业，令人唏嘘。值得一提的是，姐妹二人都是长寿之人，妹妹 96 岁在加州蒙特雷（Monterey）小镇的家里安详去世，姐姐 104 岁在法国巴黎的家中辞世。据说妹妹曾经对记者说道："我最先结婚，最先获得奥斯卡，如果我连去世也先走一步的话，那么奥利维亚一定会火冒三丈。"

银幕上下，演绎有血有肉的人生；世间真相，就是相爱相杀的活剧。而时光的年轮，不待任何人为因素，从容向前。"他安详地离去，因为他实现了他所有的愿望"——还有什么比这个结局更值得敬羡、更令人欣慰的呢？人生百年，岁月长河，能够尽可能地经历，是一件幸事。这些昔日的明星，在其塑造的一个个银幕形象中，体验了百般人生、千端情愫，无论浪漫还是悲歌，无论柔情还是烈火。而我们，从先人写就的精彩故事中，体验自古以来的道德情感、横亘千年的爱恨情仇，绵延在人类的历史长河中。

山河广阔，岁月浩荡。这世上，总有人离去，如果你足够关心生者，就努力让世界更美好。

如果你真的努力过，你会发觉不必哭泣。

平凡如你我，就在平淡的光阴流转中，不负时光，不负亲情，拥有爱，在此时，在此刻。

（作于 2020 年）

冬

给爸爸的信

老爸好!

多久没给您写信了?有 20 年了吧?大概自从普及了手机,自从我 25 岁恋爱成家之后,咱们就没有了书信交流。而当我昨天再度拨通您的号码,接听电话的却是大哥,然后就听到您那洪亮的声音从听筒那端传来——"你说什么?我听不到"……这更加坚定了我尽快换一种交流方式的决心。

此刻我是在电脑前飞快地打字(而不是动笔写字),请原谅,因为打字早已成为习惯,似乎这样思维也更加顺畅。

首先,要感谢您,已经陪伴我走过 45 年的人生之路,而且可以乐观地预见还能够更长,希望至少 10 年,我们陪您一起 100+ !不是人人都有这样的幸运,能与父辈一起变老,生命延续,相依相伴,多好!您已然是儿女的精神寄托!

其次,要祝贺您,作为 92 岁的老人,身体尚属康健,除了自然衰老,没有大的器官性疾病,耳不聪但目明,前

两年还能骑三轮车去街市买菜，现在上下楼梯行动自如，在家也无须拄拐行走，这不是可喜可贺之事吗？

最后，还是想表达一些——一些从未说出口的话。您已经走过将近一个世纪的人生，没有什么是不可听、不可说的，对吗？以下，我想用第一人称更直接地表达我的心声。

人生走到中年，总会回忆起少年心事、独坐幽寒之时。从少小离家到白发渐生，长期以来我最想对爸爸说的就是：无论发生什么，我总会站在您这一边。

幼小的孩子，虽懵懂但敏感——这是我有了自己的孩

子才深刻体会到的。从 5 岁开始寄居姥姥家，我能感受到
姥姥家对他们的大女婿，也就是我的爸爸的复杂情感，有
同情，也有些不满和埋怨，最直接的原因，应该是我妈妈
的英年早逝所带来的伤痛。虽然我已无法窥探父母情感，
但我一直坚信的是：爸爸把 5 岁失母的我，送到姥姥家，
也是无奈之举，就像黛玉不也是被自己的父亲送到贾府里
了吗？爸爸是黄土高原出生的穷孩子，即便是后来读了工
农兵速成班、上了大专，但文化基础弱，写信还时有错别
字，确实比不上大学本科毕业的妈妈，但妈妈看中的就是
爸爸的忠厚老实吧？爸爸名为"逢让"——"逢人礼让"，
为人温厚敦和、宽宏不计较，哪怕受了委屈责难，也是一
笑而过，我的记忆中总是时常听到爸爸提醒着兄长们去看

望他们的岳父岳母，以及在单位与同事友好相处。总之，爸爸就是一个忠正善良的好人。

　　小学毕业时，由于姥爷去世，我又被送回爸爸身边。中学时代的 6 年，我与爸爸朝夕相伴。那时爸爸已是 60 岁上下，不仅要为我做饭洗衣，还要面对我的青春期。矛盾碰撞眼泪，苦辣酸甜咸，所有的人生滋味都在这里了，不再赘述。印象深的有一事：那时家庭经济条件远不如现在，有一次爸爸在市场上买花生，忙着挑挑拣拣，不料被扒手偷去 10 块钱，回家后十分懊悔，后悔自己不该疏忽大意，那个神情至今留在我记忆中。

爸爸中年丧偶，人生不可谓不凄苦，他也一直在寻找后半生的幸福，我也要面对陌生的"后妈"。记得有一天做作业时，扭头看到他穿上新织好的毛衣，高兴得手舞足蹈，欢快地喊着："我有新衣服了！"那一刻我觉得咽下所有委屈眼泪都值得——有人为他织毛衣、陪他说说话，真的为他感到幸福！

后来我读大学、工作、成家，自此便与爸爸两地分隔，短暂相聚。

现在回想起来，爸爸对我并没有很多为人处世上的教诲，但我会很惊奇地发现，我的行为方式，其实早已深深地打上了他的烙印。他的淳朴、厚道甚至偏执的个性，无不在人生的每一个角落影响着我。

爸爸80多岁之后的生活，好在有两个儿子在身边，他最感欣慰的就是，此生虽中年不幸难以圆满，但子女们都自立、小康，也是人生幸事！

于是，他会在儿子临近退休、思想松懈时，在每个工作日早上值守在大院门口，监督儿子是否上班迟到。

他也会把煮好的鸡蛋作为早餐，殷勤地送到儿子家门口。

他还会在女儿女婿前来探亲时，关心地问起我们的收入情况。爸爸耳不聪了，但目尚明，家里的留言板发挥了大作用！前段时间，当看到我们在小白板上写下"生活小康，

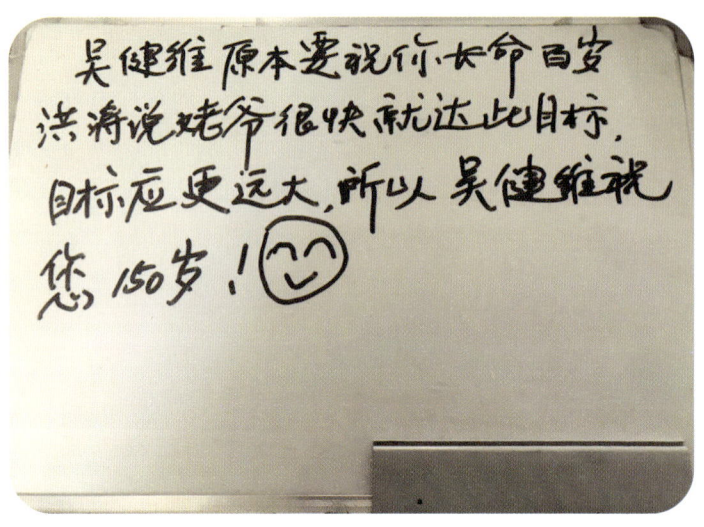

个人隐私不方便透露"时，会心一笑，点点头。

记得那天，听到爸爸和姨妈的两句对话：

——我这辈子的寿命，是把你大姐的偷去了。

——你健康长寿，我们大家都高兴。

听闻此句，涕泗交颐，无法自已。

是的，爸爸，祝您永远健康！开心地活着！

（作于 2020 年 2 月 ）

附记：

每一次，哥哥临行前都会在留言板上写上一句话：

爸，我走了。

而这一次，他加上了落款：

儿郭建

谁的父母都是世界上最好的父母，让我们在哪怕时有艰难的日子里，感受到深深的幸福。

（作于 2022 年 3 月 8 日）

写给 2022

2022，一年如一生。舍不得他走，但时间的洪流不会为谁停留。追问她为何走，殊不知命运的行程早已写就。那些承载生命往复的日子，将镌刻在记忆深处——

3 月 17 日

这世界那么多人，感恩那些仁慈宽厚的灵魂。谢谢爸爸，一个人撑起一个家，在给了女儿长久的陪伴之后，在女儿 48 岁生日的第二天与世长辞，享年 94 岁。能够走完近一个世纪的人生长路，有崎岖、有平静，是幸运；能够尝下人生的孤苦磨难却也拼尽全力追逐幸福，哪怕有再多遗憾，也是胜利。

每个人的生命中都有一条河，它汩汩流淌着，在呼啸而过的四季，在雨飞雪飞的时日。春风又绿，明月照彻，奔向大海，不复还。

在生命的终点，他又变成了一个婴孩。我捧着他的脸，第一次亲吻着说出来对他的爱、第一次赞美着他是最好的。

有多少遗憾，就有多少幸运。谢谢你，让我看到这闪耀的波光，不舍昼夜地奔流。

阳光照在水面，照在山间，照在街上，照在树林。每一个温暖的日子。

5月8日

这一年的母亲节，完成了写给母亲的文章，此生最好的一篇文章，却是隔着世界上最遥远的距离。遥远的也清晰，那是永不消散的爱，那是刻进生命的孤独。既有天伦之乐，就会有失亲之悲，代代延续，只不过，有一小部分人，过早地经历了这分离之痛。接受和坚信，是战胜苦难最直接的答案。这世上有太多东西我们不能拥有，也无法左右，那么珍爱现在吧，珍爱我们可以把控的时间。

行行重行行，与君生别离
相去万余里，各在天一涯
道路阻且长，会面安可知

是什么，要我们离别

要我们浅浅的缘分
要我们深深的思念
在路上,与岁月和解

12 月 18 日

这一夜,把世界杯的决赛直播放在耳边,犹如一剂强心针,振奋着因新冠病毒入侵而难眠的子夜时分。胜利近在咫尺,却转瞬即逝重回起点,要怎样强大的心理和静气才能重新把握主动。失败有多苦痛,成功就有多狂喜。而那些极具仪式感的庆祝动作,唤醒着人格的自由独立。这是比赛,这是人生。

冬天的阳光,温暖。在电脑屏幕的闪烁中,滑过一句名言:人生就像骑单车,想保持平衡,就要一直往前走。

在时光中奔跑,只要不停下来,就会足够幸运。

12 月 29 日

这世界有那么多人,多庆幸我有个我们。假如爱有天意,这一天的相逢是对你我人生的馈赠。

故事的发生总是出其不意,故事的发展总是百转千回。多年之后,希望我的孩子懂得,真情大过真相,汗水不会白流。从我们的家出发,踏实地走过每一个三百六十五里长路，越过秋冬春夏，越过万水千山，从故乡到异乡，从少年到白头。只要有家可以思念，只要有爱可以溯源。

（作于 2022 年岁末）

为了祝福的告别

旧一年，新一年。

一年，又一年。

三百六十五个日子过去，时间从容不迫，从未停下。

新年踩着不变的步伐到来，冬的尽头正是春。

感谢岁月，让我们在这稳定、坚定且温柔的节奏中，周而复始地、可以预见地，告别终将逝去的过去，迎接永远可期的未来。

一生中有多少场这样的告别，又有多少场这样的迎接。

我们喜欢这样的安排，哪怕明知不过百年。再回首，云遮断归途。总有希望，还有祝福。

我们害怕那些猝不及防的离别。还来不及告别，甚至还不知何为告别，就已相隔着人世间最遥远的距离。

感谢《照明商店》，为我们安排（演习）了人生中最为重要的几场告别。冥冥之中，已知注定要分离，就让我们好好告别，说出那些一定要说出的叮嘱，拿出那些一定要表达的行动。

那是母女之间的告别。只有七八岁光景的小女孩，在最依恋父母的年纪，哭着去找妈妈，却不知已在生死的关头。含着泪、带着笑，妈妈告诉她：钱一定要攥在自己手上。一定要在男孩堆里好好挑挑。把外婆的模样讲给外孙听。

这只是一个普通母亲离世前最朴素的心愿。孩子不一定能懂得饱含其中的生活的艰辛，但会努力点头记住妈妈温情的语言。还有临别时的拥抱、用力的挥手，再不舍也要放手，没写完的故事，由女儿继续落笔。

一年又一年，一代又一代，往前走。

与母亲的离别，每个人都会经历。但还是有很多人在离别之前未能幸运地拥有——母亲爱的怀抱，以及与母亲之间的彼此倾听。哪怕是走进别人的故事中，也还是会情不自禁地感到遗憾，母亲走得太匆匆，未能给孩子一个告别、一个拥抱、一个亲吻。所以谢谢文学作品中的故事，帮我们完成了一个短暂而郑重的仪式，完成了一个与母亲爱的交接，足以慰藉此后的漫漫人生。

还有父子之间、恋人之间的生死告别。永远留在记忆中的，也许是校门口急切的等待，也许是一起去跨年的期待，多希望父母不老、爱人不散，多希望岁岁团圆、人间美满，多希望这人间繁华与亲人同享，多希望我的荣耀他们能够看到。

姥姥、大姨和 5 岁的我

为什么而感动？因为感同身受，因为这是你我都曾有过的悲欢、错憾与伤痛。我们在故事中感动，在故事中治愈，也许这就是艺术的价值与意义——描述与表达，弥补与疗愈，让我们看到更辽远的旷野，更多存在与选择，从而擦亮生命之灯，召唤未来的奔赴。

记得一位朋友回忆，她的父亲在临终前，向着亲人们比出一个胜利的手势，奋斗过、努力过、幸福过，告别这世界，此生无憾！就让我们学着这样告别，告别岁月荆棘，告别人生离苦，留下祝福，带上勇气。

明天，太阳照常升起，爱不曾离开须臾。祝福温暖了人生四季，勇毅撑起这生命的底气。

（作于 2024 年元旦）

SPRING

春

春日载阳
有鸣仓庚

似曾相识　热泪盈眶

评张欣长篇小说《千万与春住》

　　作家张欣，高个，短发，白皙，端庄知性，她的作品多反映南方沿海城市白领女性生活。这样一个与笔者同处一个城市、距离如此之近的作家笔下的文字，与人们感受到的真实生活有什么不同？在张欣的长篇新作《千万与春住》（花城出版社 2019 年 6 月出版）里，读者可以去感受作者笔下的广州——丰富、包容，却也低调、不张扬，蕴蓄着万千故事、万千情感。

　　小说中，随着人物活动场景的挪移，我们生活的城市铺排在眼前：白云机场、白云山、珠江新城、珠江水，还有广州大道、花园酒店、渔民新村、中山大学……无论是从珠江新城的写字楼上俯瞰江景，还是在大剧院旁边的富田菊日料上班劳作，抑或是在一家潮汕菜馆品尝美味，这一切都是我们熟悉的风土。

　　然而，当故事中一个个转折和真相纷至沓来，匪夷所思的变故令人震惊："狸猫换太子"般的桥段在今天还会发生吗？这样的故事在生活中有原型吗？随着故事的展开，我们反而不想追查生活中是否存在这样极端的案例了。其实，小说家的使命，是从生活中大大小小不同或相似的事件中，归纳出现实人生的轨迹，描摹生活和人的情感状态，并借此窥视人心，引发思考，让读者从别人的故事中，因相似而引发共鸣，在别人的处世态度中，找到自己的价值判断。能够观照现实，滋养心灵，给读者带来启迪，满载正能量，就是作品的成功。

　　一位英国哲学家说过："现代社会的主导情绪是嫉妒。"嫉妒来源于错误的比较，而人与人之间是无法比较的。嫉妒扭曲了人格，甚至导致罪恶，害人害己，就像小说中的滕纳蜜，用一场源于嫉妒和自私的"亲子"置换，最终毁了自己的人生。

与滕纳蜜在人格上形成鲜明对照的夏语冰，天之骄女，本应拥有最好的人生，不想暗流却以惊天骇浪之势劈面而来，避之不及。在令人痛彻心扉的现实面前，她表现出来的，是一个女性、一个母亲所能呈现的最大的勇敢、坚持、智慧，还有细致与耐心。如果用"伟大"两个字评价应不为过，她对爱人和孩子以及曾经的朋友所付出的，绝非常人可以做到，这是一种坚强和豁达。最后，她坚定地表示，不会原谅——永不和解，也是一种人生。这是表明不会与人性之恶和解。但她做到了与自己和解，这并不容易。所以，她会对丈夫说：对不起，你的两个儿子都不爱读书，但他们都是好孩子。认可孩子自己选择的人生，按照他们喜欢的方式尽最大努力去协助，并不是每一位母亲都能如此开明。特别是在对待失而复得的亲生儿子的态度上，哪怕是云泥之别的人生选择，也给予了尊重、放手，对于一位母亲来说，这是最可贵的品质。

也想拿这个故事与在柏林电影节上斩获最佳男女演员奖的中国影片《地久天长》做对比。相似的题材和背景，不同的构图与运笔，都是围绕两个家庭展开，主人公都曾是最好的朋友，其中一个都遭遇了"失独"，人物都横跨了改革开放后从少年到中年的岁月……不同在于，一个发

春

生在北方的包头，从普通工人家庭的"失独"悲剧说起；一个在岭南的广州，描述都市白领面对的种种竞争与生活重担。一个展现了改革开放初期北方的工厂、筒子楼，反映了计划生育政策、下岗下海、漂泊迁徙带来的人生改变；一个描画了领改革开放风气之先的南国大都市，在现代化背景下的社会现象，浮现出人性纷争、城乡差距、民生难题。一个表现了社会变革大背景下普通人的隐忍、承受，反映人性之善；一个是繁华都市中的生存竞争、攀比，揭露人性之恶。

作为女性作家，张欣对人性描写、心理刻画是细致和冷静的。小说真实再现了广州实景，故事虽然离奇，但展现的人生状态是合乎逻辑的，打动人心的故事往往不乏直击人心的语言和点睛之笔。比如，"妈妈你别难过，小心开车，其实什么都不会改变啊"。这是让母亲泪如雨下的一句话，虽平淡无奇，却字字重千斤。对于经历过背叛、失望、山崩地裂般变故的人来说，其实什么都不会改变啊，还有什么比这句话更能打动人心？"So long, my son（地久天长）"，这句英文同样适合这个故事，即使再见也不会改变，你还是我的儿子，我还是你的母亲。亲情永恒，这不正是我们渴盼的地久天长吗？

小说的最后是一句词——若到江南赶上春，千万和春住。戛然而止，无须多言。

尽管我们读到的是一个悲伤的故事，尽管到最后读者

也没能看到圆满的结局，还有各式各样的困局需要破解，各种难题需要面对，但作者引用宋代词人王观的词句为未来做了最好的注脚。记得少年时代，曾在收音机里听到一首诗：落花问流水，你的家在哪里？流水说，我的家，在大海，我要回到那里去。流水问落花，你的家在哪里？落花说，我的家，在春天。……大海那边，可能有春天。诗人海子也曾写道：天空上面是天空，道路前面还是道路。前路漫长，上下求索。春天，作为爱与美的符号，还是要追寻，一定要留住。

（刊于 2019 年 7 月 5 日《河北日报》）

请别忘记我

音乐会进入尾声，如潮水般经久不息的掌声，呼唤着女歌唱家再次返回舞台，向着观众致意，微笑着轻轻说出那句

—— 请别忘记我。

Partirono le rondini
燕子向南方飞迁
dal mio paese freddo e senza sole
离开这冰冷阴暗家园
cercando primavere di viole
去寻找盛开紫罗兰的春天
nidi d'amore e di felicità
爱的归宿和幸福的庭院

《请别忘记我》——这是普契尼歌剧《蝴蝶夫人》中著名的咏叹调，是古典音乐会的经典曲目，作为返场歌曲，更是意味深长，这又何尝不是演员与观众之间的深情告白与依依不舍的情愫？

在音乐会之前，很怕自己因不会欣赏这"阳春白雪"而打瞌睡，可是这一次，竟然全程投入，沉浸在美妙的旋律中，甚至感觉不到时间的流逝。就好像年少时读不懂的那本小说，走过了晦涩难懂的部分，在成年之后的某一天，突然理解了其中的真义，那些深情与大爱、明亮与悠扬，以及暗淡与无奈，都是自己曾经走过的人生。

十四岁那年，北方，燕子来时的三月天，却是料峭春寒。坐在教室里，望着窗外纷飞的雪花，有一只燕子从心头飞出，把那些枯燥艰难的作业和漫长寒冷的冬天丢在身后，去找寻春天的温暖和自由的幸福。

多年以后，在南方的长夏里，忽然好怀念童年的一帧一幅，白雪猎风，归燕呢哝，哪怕是手上的冻疮，也是最温柔的痛处。

La mia piccola rondine parti

我心爱的燕子已飞迁

senza lasciarmi un bacio

没给我留下亲吻

senza un addio part

春

也没有说声再见

自古而今，中国的文学作品里，描摹了无数只燕子的形象："燕燕于飞，差池其羽"，它是《诗经》中蹁跹的精灵，安抚着远送于野、瞻望弗及的别离之情；它是唐诗中"衔泥两椽间"辛勤育儿的双燕，与雏燕分离后"啁啾日夜悲"；它更是落寞春恨时吟诵的宋词，倾诉着"落花人独立，微雨燕双飞"的无限相思。春去春又回，燕子东西飞。忙碌的燕子，穿梭在春天千百行的诗篇中，在寻常人家的屋檐下衔泥筑巢，生儿育女，随季节迁徙，傍孤云西风。燕子于我们，仿若亲切的家人、亲密的爱人、亲近的友人，饱含着熟悉温暖的意蕴。燕子来时，梨花落后，一江春水，此情都付。纵有离愁别恨，总有一只燕子翩翩而来，以最家常的劳作，慰藉着无所依托的心灵。

而在我的童年记忆里，永远唱着那一支歌谣，永远有那样一只小燕子，年年春天来到这里，伴随人生路上一程又一程的相逢和别离，时时飞舞，时时治愈。

如若不是这一次的音乐会，也不会知道在西方的文学意象里，竟也有这样一只燕子，伴随心爱的人一起飞迁，飞向幸福的归宿，飞向生活的彼岸。命运总有起伏，人生有爱有苦，燕鸣声声，时光远去，那般美好的人和物，可惜不能为谁留住。

很想在倔强的拜伦的诗中，想象着多年离别后的再度相逢，该如何致意与招呼。用眼泪，用沉默。但终究还是在温润的晏殊的词中，释放言不尽的几多襟情，唯有写向蛮笺曲调，记取此情千万重！斜雨微风，垂杨陌上，在雨水、汗水和泪水的交融中，洗去满身泥泞，领会大悲大喜的彻悟。

Non ti scordar di me

请你别忘记我

la vita mia legata e a te

我的生命和你紧相连

io t' amo sempre pi ù

我永远把你爱恋

nel sogno mio rimani tu

在梦中和你常相见

Non ti scordar di me

请你别忘记我

la vita mia legata e a te

我的生命和你紧相连

c' è sempre un nido nel mio cuor per te

在我心里常把你思念

Non ti scordar di me! Non ti scordar di me!

请别忘记我，常思恋！

燕子呢喃，曲终人散，此情永在心间。音符谱写的旋律，赋予了文字超越平凡的神奇，激荡扣人心弦的力量。

请别忘记我，我们一起忙碌过、喧闹过、轻语过。草堂萌新，花开对语，绿野芳踪，明月彩云。这美美与共的胜景，永远盛开在我们彼此的眼帘。

请别忘记我，这是蓝天对白云的倾诉。待你化为雨滴汇入江海的奔腾，我们终将相会在秋水长天的蔚蓝地平线。

请别忘记我，这是夕阳向群山的告别。月亮升起，照耀静寂的苍茫，那是始终不曾远离的星辰对大地的思恋。

请别忘记我，昨夜依偎着今晨的臂膀。一起仰望银河飞驰，一起聆听钟声带走梦的日历。哪怕没有吻别，也会珍重时光留下的礼物。

请别忘记我，燕子在春天里放歌。自远方而来，穿越时间的长河，跨越生死、爱恨、富贵与贫贱，落在烟火的屋檐下，落在黑白的琴键上。歌声悠扬，万物生长，衔泥不歇，和春而住。

（写于 2022 年 11 月）

梨花，梨花

这个春天，远方的朋友在视频号发布信息，川西北高原的金川河谷里，梨花盛开了！一朵又一朵洁白的小花，汇聚成一簇又一簇饱满的花堆，绽放在黑色的枝丫，嫩黄的花蕊星星点点。风吹过，花颤动，像振翅欲飞的蝴蝶一般，抖动着，推搡着，喧闹着，仿佛在宣告——生命就是这般热烈的模样。

隔着屏幕，嗅不到花香，但闻音乐流淌，深情而悠扬，缓缓流进心底。随着音符的律动，镜头推移，从麦秆色的墙壁，到青灰的飞檐，再到湛蓝湛蓝的天空，和一抹小小的皎洁的云朵。那样纯净的大片底色，衬托着朵朵轻盈的小花，彼此呼应，相依相谐。眼前陡然明亮起来，哪怕看不到太阳的脸庞，明媚的阳光已然照彻心房。

最爱这白色梨花，童年记忆里最美好的景致。清晨的

春

梨树下，那位白发苍苍的小脚老太太，扶着树干活动着腿脚。深陷的眼眶，挺直的脊梁，月白的衣衫，倚树而立的拐杖。花影婆娑，思念如雪。那是妈妈的妈妈——除了妈妈之外世上另一个视我如珍宝的人。

梨花开了，春天来了。漫山遍野的花海汹涌着无限的生机，驱走了丝丝寒意。早上醒来，听到"布谷布谷"的鸟鸣，姥姥告诉我，那是布谷鸟飞来了，农民要忙着耕种了，我也要起床读书了。平凡的世界里，梦里花开、布谷

129

归来，生命之初对世事最朴素的追求和向往，姥姥牵着我的手一一实现。

黑夜的床头。姥姥带着外孙女一起睡觉，若是姥姥翻过身去，极度怕黑的我一定会扳着她的肩膀央求：脸朝我！此时姥姥总是轻声地梦呓般地安抚说——背靠背，一夜到新乡（我出生的地方）。

起风的早晨。睁开眼，就看到姥姥正忙着从衣柜里翻出厚衣裳唤我穿上。有的时候，我会不听话地跑走了，姥姥就会拎着衣服追到上学路上。代行母职的老人，尽其所能地给了我最大的安全感和满足感。但凡看到谁家姐妹穿上了新衣，就立马张罗着为我也买上，舍不得让我感到半点失落。

每一个稀松平常的日子里，总能看到姥姥戴着老花镜，坐在窗前津津有味地读着小人书。姥姥是从旧社会走出来的家庭妇女，只上过几个月扫盲班，遇到不认识的字，总是把我唤到身边，问这个字念什么、那个字又是怎么个讲法。其时经常捧读着《儿童文学》《东方少年》的我，惊讶地发现姥姥的识字水平已与我相当，但凡她不识的字，也基本上是我不认得的生僻字。

梨花开了又谢，布谷飞来又远去。世间纷纷攘攘，人有悲欢离合。那个阴冷的秋日，爸爸拉着我手走进姥姥家，一进门姥姥就赶紧让他褪去衣袖上的黑纱，怕待会儿姥爷回家看到黑纱，想到逝去的大女儿而伤心。白发人送黑发人，

春

难道姥姥心里不痛吗？她是把这份痛藏起来，生发成对女儿的女儿深切的爱，从此用她的羽翼为我遮风挡雨。

冬天过去了，熬过寒冬的梨树，滋生了新的希望。生命周而复始，梨花迎风飘雪。记忆中，姥姥姥爷一起动手包着我最爱吃的饺子，我在案板旁边蹦蹦跳跳，收音机里播放着"世上有朵美丽的花，那是青春吐芳华……"姥姥知道我不爱吃葱，就把葱切得碎碎的放在饺子馅儿里，饺子太香了，葱什么的也就自然被吃下去了。在一日三餐无微不至的照料下，弱小的孩子一天天长大。

姥姥对我是严厉的。时常会数落我，用焦作的方言土话，像"不保本"（丢东西）、"不主贵"（不自重）之类，小时候一听到姥姥骂我"小腌臜妮儿"，我就会噘起嘴巴生气，认为这是脏话。至今仍记得小姨这样劝慰我："姥姥从小生在旧社会，没受过教育，要理解她……"然而骂我最多的，却也是爱我最多的。没受过什么教育的姥姥，带着我读了一本又一本小人书，听了一出又一出地方戏，还有一部又一部广播剧，从那些引人入胜的故事中，体味人情冷暖与爱恨分明，相信世间纵有种种遗憾、苦难与不幸，仍值得珍视、善待与热爱。

那个夏天，姥爷离世了，儿女们从四面八方奔来，屋檐底下笼罩着浓浓伤悲。长夜难眠，半梦半醒之间，只见姥姥独自坐在黎明的微光中，对我说，这些天来她从未在人前落过泪，只是夜里才好好哭了一场。年龄尚小的我，还不懂得这是相守了半个世纪后永远的别离，却真切感受到姥姥那隐忍的情感与内心的坚强。

还是夏天。升学失利的我，正在暗自神伤，姥姥不无惋惜地开导我："你就是容易考试紧张，你看鹏鹏（我的表妹）心理素质好，人家就不怕。咱们以后不紧张，好好发挥就好了。"短短几句话，让我感到自己依然是被理解、被宽容、被关爱的，心绪渐渐平静，心底开出了欢喜的小花。求学生涯起步时，是姥姥满怀期待地把我送进小学，后来又依依不舍把我送去上中学。童年时光里，从物质到精神，姥姥给了我最可靠的依仗，给了我安心成长的环境，令我品尝到爱与被爱的滋味，体会到心灵深处的慰藉以及人间至纯至善的亲和。

梨花风起，正是清明。再忆那个春天，远隔着童年、少年、青年和中年，远隔着浸透了汗水泪水的很多很多年。久久凝望眼前如海的梨花，透过那片片雪白的花瓣，好像看到了水远山长，看到了千里之外，看到了故乡、亲人和屋檐下的烟火。或许，每个人心中，都有一株盛开的梨花。而无论走了多远，那始终不曾遗忘的，是写满了爱与坚强的花语，是对生命的珍惜、同情、爱护与尊重，是悠悠的花香永驻心间，带着沁人心脾的力量。

（作于 2023 年 4 月 8 日）

春

年轻的光亮照彻大地

　　昨夜的广州。乌云翻滚下俏丽的"小蛮腰"，晦暗中一抹纤细的亮色。暴雨侵袭，江水上涌。大桥之上，滚滚车流。伫立窗前，望向这宏大丰富的风景，找寻风景中的人物，特别是那些年轻的生命——或许我们早已相识，或许依然素昧平生。

　　那是一位快乐的女大学生。在经历过 SARS 的广州，在听闻"劝人学医、天打雷劈"之后依然一笑置之，报考大学时坚决地选择了医学专业，"既然选择，就坚定无畏地前行"。幸运的是，她的选择得到了父母的尊重与支持。她的母亲，是我们全家特别尊敬喜爱的一位老师。在老师的朋友圈中，每天都可以看到学生的日常，看到一位教育工作者满满的情怀——"生命教育的要义，是自我觉醒和对社会责任的主动担当""危机也是契机，生活就是功

课"……而在这个不同寻常的春天，在又一次战斗打响的
时刻，老师除了发布网课动态、天气预报之外，更多地表
达了对医护人员的关注，对守护生命逆行者最崇高的敬意。
记录每一次送行与迎归，倾诉"与子同袍"的深情，这又
何尝不是一位母亲对即将成为白衣战士的女儿最深切的关
爱！是的，有了家人的支持，有了全社会的助力，哪怕再
苦再累，哪怕是向难逆行，哪怕是火线冲锋，年轻人也会
执着守卫他们的梦想，一往无前勇猛直冲。

　　梦想，在逆行跋涉中铸牢底色。祝福你——未来的白
衣天使，也是护卫生命的战士！

春

那是一个整日东奔西跑的外卖小哥。标志性的黄色装束，美团三百万骑手中的一员。疫情中也没有休息，大雨天还在奔波。他很年轻，"90后"抑或"00后"？正是精力与体力最充沛的年纪，在这繁华大都市启动梦想的车轮，在每一次从起点到终点的轨迹中不断校正和奔赴梦想的航向，相信付出与回报成正比，多干一单，荷包就鼓上一分！而在这个戴口罩骑行、每个门口都需要测量体温的时期，也许他只能把餐食送到楼下前台，与点餐者也只能是一个电话的联系，我们甚至不知道他姓甚名谁、长什么模样，但在这周末的微雨的清晨，他送来的一份热粥，连同粥铺包装袋上那句"懂你、宠你、喂饱你"的广告词，一起温暖着、滋润着疫情之下每一颗焦灼的心。

梦想，在不停歇的奔跑中愈益切近。祝福你——早日拥有幸福理想生活的帅气骑手！

那是一个经历了此生最难忘的一次旅程的留学生少女。在长达三十多个小时的长途跋涉后终于回到祖国怀抱。也是怀揣梦想海外求学，但疫情蔓延全球、学校被迫关闭，家在中国的孩子，回家是最迫切的渴望。于是全副武装，万里归国，一路上以"敬畏之心"不吃不喝。这一路，孩子体会到的不只是"自己的难"，更是"大家都好难啊"！踏进国门之后，由于必需的病毒检测与集中转运和隔离，每一段行程都充满了未知，每一段等待都有些漫长，也目睹了旅途中挑剔乱发脾气的成年男子、拖儿带女焦虑崩溃的母亲，但平心而论，政府对入境人员提供的服务是周到而有秩序的。这一路，孩子切身感受到了工作人员的艰辛努力，他们面对个别旅客无端的抱怨做到了"逆来顺受"，他们"穿着防护服不方便上厕所，一整天都没有喝水"，而所做这一切"都是为了国家嘛"，令孩子感动到泪流，感慨他们"都是英雄"！孩子更是由衷地感恩"在这个关头国家可以收留我"，感谢"一路上所有帮助、关怀我的同胞"！而今天，孩子正在平稳地度过她的隔离期生活，与全世界的孩子们一道上着网课，跨越距离与时区，与地球那端的同学"隔屏相见、隔空讨论"，及时通过邮件和老师保持联系，认真地完成作业，确保每一节课都不落下。

不管未来世界局势如何发展变化，梦想依然要在不断学习中实现。祝福你——成了学会感恩祖国、走向世界的中国少年！

年轻的光亮，总是势不可当，昭示明天的希望；年轻的光亮，总会冲破暂时的阴霾，汇聚成旺盛的阳光，照彻春天的大地。

（刊登于 2020 年 4 月 7 日《羊城晚报》）

春

记一次旅途

这一次的火车之旅
短短长长
短的只有十几分钟
长的仿佛一辈子的时光

载着匆匆的过客
驶过绿色田野的北方
嗅闻五月的月季花香
蒸出槐花的绵软味道
寻着故乡亲人的气息
在人生奔赴的路上

热的季风
吹散了柳絮漫天飘

吹尽了暮春的寂寥

纵使有圆有缺、古难成全

热泪滚烫处

仍有暖暖熨染心上

愿时间没有尽头

愿重逢无须太久

最好的月色

最艳的骄阳

最远的天涯

最近的你我

正是幸福的模样

（作于 2021 年 5 月 4 日）

春

春天的话语

　　一位耄耋老人，杖履逍遥于天地之间，仰观宇宙之大，俯察品类之盛，在风尘的低语、草木的呼吸中，竟聆听到落花与流水的对话：

　　落花问流水／你的家在哪里／流水说／我的家在大海／我要回到那里去

　　流水问落花／你的家在哪里／落花说／我的家在春天／离开了／就再也回不去

　　流水说／跟我一起／回到大海吧／大海那边／可能有春天

　　花落无声，流水却回应着大海的澎湃。当落花在流水的行程中找寻着春天，当春天在大海的彼岸闪落出笑颜，

　　睿智的老人，用他的一片诗情与赤子之心，为我们在时空的交会点上，延续了生命，留住了永恒。

　　老人，经历了世纪的冰雪风霜，走过岁月的清流激湍，沧海桑田的阅历，积淀出厚重的人生智慧，虽饱尝困苦磨难，却始终不泯那颗真挚的童心，始终不忘对大海的向往和对春天的期盼。

　　大海那边，可能有春天。

　　流水潺潺，老人笑对落花：

　　——生命绝不是一个静止的存在，它永远向前奔流，在生活的每个阶段，我们都会不断地失去，也正是在这个过程中获得了成长的机会。失去并不可怕，可怕的是对生命的赐予掉以轻心。美可能会转瞬即逝，只有一颗不懈怠的心才会永葆青春。

——个体的生命是有限的，然而我们对理想的追求却闪烁着永恒的光芒。这是引导我们勇往直前直至生命最后一息的精神之光，是人类代代延续的生命火种。正是它，使得有限的生命在向真善美跋涉的历史中拥有了永恒的意义；有了它，即便是前有波涛汹涌、神秘莫测的茫茫大海，我们也会义无反顾，因为春天——作为爱和美和希望的化身的春天——就在那里等着。

——从此岸到彼岸，在追求理想的行程中会遇到多少艰难险阻？春天，是否会在那里如约守候？也许，只有经历过寒冬考验的人，只有经受过风浪洗礼的人，才会找寻到关于春天的答案，才会有最丰富的人生，才最有希望将千万个可能变为现实。

海辽阔，人生无涯——

大海那边，可能有春天。

（作于 1999 年）

「加法」人生

　　芳草吐绿，万象更新。又到了"一年之计在于春"的季节了。

　　小虎忙里偷闲，掐指算来，不知不觉又长了一岁，世纪百年，竟也懵懵懂懂走过四分之一。生逢其时，有幸站在了世纪之交的门槛上；扪心自问，却断断乎成就不了"匹夫而为百世师，一言而为天下法"的大器；痛定思痛，天生我材必有用。往者已逝，来日可追，为"增益己所不能"，当借鉴前辈经验，谋划"加法"人生。

　　一、读书的"加法"。少时读书，不求甚解，以后为了应付各种大大小小的考试，又不得不咬文嚼字。步入社会，恰逢知识经济时代，要进步就需要不断学习，而这种学习与进步的节奏将越来越快。为紧跟时代步伐，加强自身修养，法律、科技不可不懂，文学、艺术不能不修，从自然到社会、由宏观至微观，各种知识都应有所涉猎，其他诸如琴棋书画、花鸟虫鱼，亦是多彩人生的一种点缀。然学海无涯，人生有限；书山有路，唯独辟蹊径者，才可望攀凌绝顶，一览众山小。吾辈不才，认定"闻道有先后，术业有专攻"，经权衡再三，痛下决心：对于本专业行业书籍，适用"精打细算"法；其余文字信息，尽管魅力无穷，还是宜用"速算"法加以解决。事实上，在即将进入21世纪的今天，我们既可以驶上信息高速公路，因特网上潇洒走世界，更莫忘躲进小楼，苦心励志，静下心来钻研一门学问。此可谓人生"博"与"专"的辩证统一。

二、交往的"加法"。小虎生性孤僻，不善交际，又是一副犟脾气，酒逢知己千杯也少，话不投机半句嫌多。年岁不大，碰壁不少。然古人云：行万里路，读万卷书。可见读书与交游都是增加阅历的重要途径。遥想当年，太史公行天下，周览四海名山大川，与豪俊交游，故其文疏荡，颇有奇气，演绎无韵离骚；再看今日，信息社会是开放型社会，更显社交公关能力之重要，朋友圈的扩大，无疑会为一个人的发展提供更多的游刃空间。当然，人各有性情，但正如齿轮需要磨合才能转动，学会不断调整与适应，学会与不同类型的人交往，交出诚心，呈现耐心，也是丰富人生的有益尝试。想想看，刘备还三顾茅庐呢！张良遇圮上老人，不是"忍小忿而就大谋"了吗？所以说，以诚相待，才能将心换心。小虎下定决心从今往后，改改倔脾气，走出去请进来，投入爱心，善待友情，争取在有限人生里尽享"有朋自远方来"的无限乐趣。

三、写作的"加法"。读书破万卷,下笔如有神。对我等小辈而言,写作虽只是个人爱好,却也把"我手写我心"当作不懈追求的人生佳境,但这需要炉火纯青的功夫,不能指望一蹴而就。在现阶段,有了灵感,也不免小试身手,可毕竟是初生乳虎,阅历有限,往往是局限在个人小圈子里酝酿小情调。然天地人生,风云际会,奥妙无穷;村夫野叟,微言大义,发人深省。创作的源泉还是在生活实践。经过与诸位师友认真探讨,小虎逐步找到自身缺陷,明确了今后的努力方向:为提高水平,亟须走出内心狭小天地,到广阔世界里历练人生,从博览群书、扩大交游、增广见闻中培养和提高精神气质,眼界放宽些,思考深入些。抒写凡人创业豪情,讲讲百姓五味人生,大小题材,尽可尝试,只要功夫深,没准儿还真能慢功细活儿,磨出个绣花针呢。

面向未来,小虎豪情满怀,正是"自信人生二百年,会当水击三千里"。小虎准备拿出只争朝夕的劲头,好好奋斗几个十年。

以上种种,实乃一家之言,与同志者共勉。不当之处,敬请诸位仁兄多多指正。

（作于 1999 年）

时光是一棵绿色的树

你说，时光是一条奔流不息的河。逝者如斯夫，不舍昼夜。它携带着岁月的风尘飞流而下，一去不回头⋯⋯

我说，时光是一棵枝繁叶茂的树。它在四季的更替中

逐渐增加着年轮，在昼与夜的呼吸中舒展了手臂，每一岁荣枯，每一年新生……

时光是河，而人不能踏进同一条河流，那逝去的不会再来，从岁月的长河中走过，你会发现，它冲刷出了一道道皱纹，更洗白了那飘动的黑发。

时光是树，它在春天萌发嫩芽，夏天长成绿荫，秋天染出一片成熟的金黄，然后，也会有冬的萧瑟，殊不知，那却是在为来年悄悄地积蓄力量。待到冰雪融化时，你会看到，春风吹绿了岁月的堤岸，在一个清新的早晨，新的生命又在轻声歌吟，迎风生长。

是啊，时光的河水流得太急，生命的小舟只有义无反顾地向前疾驶，在劈风斩浪中甚至来不及休息，而那一个终点会在不经意间必然而至。所以，我更愿意把时光看作一棵绿色的树。而我，我们，就是它的每一片叶。我会用深深浅浅的绿色来装点春夏，在繁华与静寂的变化中历经秋冬；我会在每一次回归大地时感悟过去，用一年的积淀去增加时光的年轮；我会在每一个春天努力地成长，以新的自我去迎接风雨和阳光。不管这树叶能否成为最美的一片，我都会和我的伙伴们用整体的形象会聚成一片生机盎然的绿，用整体的力量去涤荡尘埃，阻挡风暴，去伴和惠风细雨的吟唱。而后，我还会在一个温暖的冬日，在大树身旁，用慈祥的目光告诉孩子们，这里曾是小鸟的天堂，是母亲一生的故乡。

春

  感谢时光，它是一棵绿色伟岸的树。它根植于每一个人的心田，你用心血来浇灌，它会让生命茂盛与茁壮。

  感谢时光，它每每给我们以新的起点——超越过去，勇敢而向上。

（作于 1998 年）

世界上最遥远的距离

母亲节，收到了孩子们和爸爸联手送我的鲜花，欢喜萦绕心头，遗憾暗藏心底。我也是母亲的女儿呀！此情可待成追忆，只是当时已惘然。正是此时心境。

拿什么送给你呢？我的母亲。

在我的脑海中，始终有这样一个画面：大约是过年前后的光景，扎着红头绳、穿着红衣红裤红鞋的我，美滋滋地在家门口蹦蹦跳跳。可是妈妈好像正在数落着我，她坐在门前的椅子上，双脚搭着小板凳，一边织着毛衣一边念叨着。妈妈数落我什么呢？不记得了，只记得我满不在乎，觉得自己从头到脚红彤彤的样子美极了，得意扬扬地拉着小伙伴的手跑远了……

多年之后，这个定格在我记忆中的画面，在岁月的烟云里氤氲浮现，哪怕没有声音，哪怕无从寻找那些琐碎的

我们一家人（1974 年留影）

唠叨，依然被我小心珍藏。那时候，妈妈应该还没有生病，还有时间有精力打扮我、教育我。亲人们时常说，我从小就喜欢捧着一个镜子左照照右照照地臭美，也有本事将一本小人书倒背如流。可惜关于母女往事的回忆，只存些许模糊的片段，唯有从爸爸、哥哥们的口述中串联起关于妈妈的故事。

妈妈是在 42 岁时生下了我。在我之前，已有三位哥哥，所以爸妈尽管很辛苦，但却积累了足够的经验来带我，其中也不乏"科学育儿"法。在20世纪70年代生活物资还很匮乏的情况下，妈妈从孕育我时就十分注意想方设法加强营养，比如隔三岔五吃个鸡蛋或水果之类的。因此我出生时体重就有7斤多，从小被唤为"胖妞"。呱呱落地时，我那响亮有力的哭声，令产房外陪同来的邻居忙不迭送上恭喜——"老郭，又是个儿子！"这个老生闺女的到来，让妈妈倾尽了心力，母乳喂养到我一岁半，接着奶粉、麦乳精就没断过。小哥说，小时候这些给我享用的营养品，他也没少偷吃，而且是拿着袋子直接倒到嘴巴里。妈妈还很小心地把房间的白炽灯泡用报纸包好，以防明亮的光线吸引小婴儿的目光造成"斜视"。稍微大一点，妈妈开始对我悉心启蒙，不厌其烦地一遍遍给我讲着各种小人书里的故事。据说，在妈妈那间简陋的办公室水泥地上，我常常是一个下午就涂涂画画写满了字儿……妈妈竭尽所能地给了我最好的幼年教育，给了我人生最初的丰厚滋养，也奠定了我后来的人生走向。

妈妈20世纪30年代出生于河南焦作——一个以煤矿闻名的地方，从祖辈开始以煤田勘探采掘为生计，妈妈小时候就跟着身为地质工程师的姥爷奔走在四川和贵州的山野之间。妈妈是家中5个孩子中的长女，吃苦耐劳，爱护弟妹。姥姥说，每当妈妈放假从学校回到家中，头一件事就是招呼我小姨——快来，我给你洗头！妈妈并非聪明过人，但却好强努力，每每对着一道数学题冥思苦想，大舅看到了忍不住说："大姐，我来帮你！"妈妈却谢绝了——让我自己好好想想呀！

20世纪50年代，妈妈从河北师范学院化学专业毕业，就是在这间学校，认识了我的爸爸。爸爸是从陕北黄土高坡走出来的农村青年，十几岁时跟着共产党的队伍，靠一双脚板走到了西柏坡，参加了开国大典。中华人民共和国成立后，爸爸先上了工农兵速成班，再读了河北师范的政治专科，毕业之后与妈妈成了家。婚后，妈妈第一次跟爸爸回陕北老家，从火车、汽车到驴拉的车一一坐遍，风尘仆仆几天几夜后的一个傍晚，终于抵达黄土高原上的窑洞。当晚接风的主食是小米稀饭，可以用稀得清澈来形容。妈妈想，晚上嘛，喝点稀的再好不过。可是，第二天、第三天，才发现餐餐吃的都是稀饭！

在那个艰苦的年代里，妈妈用她的勤劳坚韧和宽厚善良，为这个平凡家庭带来最温暖、最明媚的阳光。在三年困难时期，妈妈先后生下我的三位兄长。可惜老大患有先天性心脏病，受限于当时的医疗技术，年仅4岁就不幸夭折。老二从此成为"大哥"，出生时正值国家最困难的时期，吃不饱肚子，妈妈奶水不够，爸爸几次提出用"瓜菜代"或米汤替代，但妈妈还是坚持尽可能地让孩子吃到一点母乳。爸爸下乡搞"四清"，妈妈节省下自己的口粮把十几个馍馍留给爸爸。即便生活如此清贫，妈妈也没有放松对孩子们精神上的哺育。哥哥们至今还记得妈妈给他们讲《左传》里"曹刿论战"的故事，教诲他们遇事注意观察、沉着冷静应对。妈妈是知识女性，是家里学问最高的人，她的知识修养品格，如春风化雨般潜移默化地温润着这个家庭。大哥小时候跟爸爸回老家，宁可自己饿晕过去，也忍着不舍得吃米饭，因为他知道这大米是爸爸专门带回来孝敬奶奶的。小哥小时候多病，妈妈总是背着他到卫生所看病，

大学时代风华正茂的父亲母亲

爸爸、大哥与 4 岁的我（1978 年，北京）

路上，小哥搂着妈妈的脖子说，病好了我要好好听妈妈的话，不让妈妈这么辛苦！暖暖的话慰藉着妈妈的心……

家里的老相册里有一张父母年轻时的合影，他们沐浴着新中国的阳光，虽身着粗衣，但腰板挺直、神态清朗、目光坚定，满怀对未来的向往。还有一张照片是人到中年的妈妈搂着年幼的我，眉眼慈祥，已见日夜操劳的沧桑。时光流转，她把她最美的青春、最好的一切给了我们。

明月在阴晴圆缺中变幻，照拂着人间无尽的悲欢。命运的转折在猝不及防中发生。1978 年，刚恢复高考，"知识改变命运"的春天到来，妈妈是中学化学教师，终于等到了可以施展才干、发挥专长带学生的时候了，但一场重病袭来，压垮了她的身体。

由于病情严重，妈妈不得不远赴北京手术治疗。单位里派了一位年轻姑娘小赵前往看护，没多久小赵打回电话，要人帮忙把她落下的一件行李捎来。那时通信不发达，这通话内容传来传去变成了——把小妞妞带来。

想来这个乌龙事件的发生，其实暗含着人们善意的同情，病中的妈妈想女儿了，妈妈不一定会说出来，但一定是她的心愿！于是我这件"小棉袄"踏上了人生中第一次首都之行。那时国家正在酝酿着一场轰轰烈烈的变革。大哥拉着我的手走过北京天安门广场，和一位漂亮的金发外国女子擦肩而过，我好奇地扭头再看人家一眼，正巧对方也在回头看我，对我扬起一个大大的笑容。你看陌生人都在为我们祝福，东风拂面，妈妈的手术很成功。小哥回忆，术后回家恢复期间，妈妈带着我去师大商店，下雨了，小哥去送伞，看到迎面妈妈牵着我的手正快步往家里赶，母女两个有说有笑的样子。

快乐的时光如何留住？病魔还是无情纠缠，把妈妈折磨得只剩一把骨头。为何要离去，终究要离去。大哥回忆，妈妈在弥留之际，让他把正在上学的小哥与5岁的我一起领到病床前，用微弱的声音称赞她唯一的小女儿"是一朵瑰丽的玫瑰"。坚强的妈妈，在生命只余微光的时刻，依然使用文学性这么强的语言来形容她的女儿，可以想见她对生活的热爱和对孩子的珍视！那时大哥"上山下乡"，小哥正上中学，我还未足学龄。孩子们还未长大，多少事情等着妈妈呀！妈妈一定是很累很累，累得再没有力气管教淘气的我们；妈妈一定是带着万分的不舍，早早地离开这人世间！

这一生，我和妈妈的缘分只有五年！分别时，真的是年幼不知悲伤为何物。哥哥们仍记得，在妈妈的追悼会上，一位邻居伯伯抱起了我，还亲了亲我，大人们在流泪。而我只记得当时站在爸爸身边，不一会儿就站累了蹲下来，爸爸后来还问我，为什么不乖乖站好呢？直到走出礼堂，才猛然意识到自己没有妈妈了，泪水打湿了眼睛，但在阳光照射下，转瞬间就干了……

当一艘船沉入海底
当一个人成了谜
你不知道
他们为何离去
那声再见竟是他最后一句

妈妈的身影消失在天际。那些晴朗的夏夜，我和哥哥们爬上屋顶仰望银河，看繁星点点的汇聚；那些飘雪的冬日，哥哥拿着一条围巾在我回家的路上等我，我们温暖着彼此的心迹。可是，与我们的妈妈啊，此生无缘相聚，后会永

妈妈和女儿（左：妈妈和我　右：我和女儿）

远无期。

　　日与月轮转着陪伴人间，如流水般的时光里，妈妈已离开我们40多年。这40多年，改革开放带来翻天覆地的变化，在妈妈曾经给予的教育荫护下，我们学着成长，自食其力，过上了如她所愿的生活！今天这样安定富足美好的日子，妈妈却没有一天享受，无可言说的遗憾！这些年来，感谢亲人们温情的相助，我们长大了，有了各自的事业和成绩；我们成家了，也都有了自己的孩子。我们的孩子都有幸在父母陪伴下成长，有幸到外面的世界去见更大的世面。我们和孩子们经常视频通话，聊着各种话题，有时也会对彼此说——我爱你！

　　因此，世界上最遥远的距离，不是我站在你面前，你不知道我爱你，而是生与死。生与死的相隔，是无论欢笑还是悲伤都无法与你分享，是你再也听不到这一句"我爱你"，生与死的阻隔，令我们终没能做到"让妈妈不再辛苦"。

　　五月来了，鲜花开满大地。蓬勃的盛放，温暖的气息，诉说着生命是宇宙珍贵的赐予，活着是一生只有一次的机会。走过人生的每一段山水，依然免不了回望，那些亲切的容颜，那些永恒的瞬间，咫尺天涯一般。隔着世界上最遥远的距离，我想对妈妈说，其实是对自己说："拿什么送给你呢？我的母亲。"

　　一直想知道，小时候那么爱"臭美"的我，为什么父母给我起的名字却不是"丽"，而是"力"？再一次注视着妈妈含笑的模样，已是人到中年的我，才恍然悟到，妈妈临行前对我饱含着热泪的最深情的凝望。

　　是的，勇敢地、努力地、好好地、幸福地生活着，成为妈妈期望的那个样子。无论过去、现在还是将来。无论她在，抑或不在。当有一天我们的精神能够契合在一起，再遥远的距离也无法阻隔我们对彼此爱的守护。我可以自信地与妈妈倾心交谈，告诉妈妈我会如她那样坚强有力。这是对妈妈最好的纪念，也是给妈妈最好的礼物。

（发布于 2022 年 5 月 25 日 "记忆" 公众号）